U0035946

AQUARIUS

AQUARIUS

AQUARIUS

AQUARIUS

每個人心中都有一座島嶼，
藉文字呼息而靜謐，
Island，我們心靈的岸。

大教堂

Cathedral

瑞蒙・卡佛 Raymond Carver　余國芳譯

【導讀】

我拿起一本瑞蒙・卡佛

東華大學英美語文學系教授　郭強生

我拿起一本瑞蒙．卡佛。那是我剛到美國唸書的時候，他已經死了。我在書店看到他的照片。在書封底，黑白的，一個粗眉毛的白人男子。我翻回書正面，它的書——都是短篇小說集——每個封面都是風格相近水彩畫。畫的是床上抽煙的女人，或是男人喝酒的背影。他已經死了。早死的作家，都讓我發生興趣。

要來談瑞蒙．卡佛，很難。因為是談他，我的句子就不可以那麼複雜。他是我看過最會用簡單過去式的英語作家。用中文寫作的我，一直很好奇能不能也這樣寫，整篇小說都不用形容詞或者副詞。除非必要。例如：「他走進來坐下。她看著他。旁邊有人說話。他說。她說，他又說。她點點頭。」

我寫沒幾句就開始心不在焉——不，應該也不可以用成語。我沒寫幾句就開始抽煙。我把煙捻熄。我在想，為什麼？

為什麼他要這麼寫？我試著學他。我的句子都太長了。可是我把句子改短也成不了瑞蒙．卡佛。因為，他的小說開頭都是這樣的：「星期天，她開車去購物中心的糕餅店」、「這個瞎子，他是我太太的老朋友，正在路上要來過夜」、「我這個同事，巴德，邀請我和芙蘭去他家晚餐」。

我如果說，「一個平靜典型的星期天，她開著車，正要去一家位於鄰近購物中心的糕餅店」，那就不對勁了。老瑞蒙只是敘述，這個女人某天去了一個地方。他並不是打開錄影機，讓我們看到這個女人在開車，而且這一天到底平不平靜，天曉得！但是第二個例子卻又是有一個瞎子「正在路上」，為什麼不是「有一天，這個瞎子，他是我太太的老朋友，來我家過了一夜」？第三個例子，為什麼不是這麼說：「我和芙蘭正要去我的同事巴德家晚餐」？

為什麼？老瑞蒙這樣開頭應該有他的理由。我最早讀他的作品，因為是英文，我特別注意這種文法問題。也許，我猜，故事的發生，都有不同的起點。

我不能學瑞蒙·卡佛。不是因為我不用英文寫小說。用他這種方式開頭，我就要發起呆了。（我就發呆？我發呆了？我通常就會像呆子一樣不知道該怎麼往下寫？）「星期天，她開車去購物中心的糕餅店」，有太多種可能——什麼事都有可能。也可能什麼事都沒有。

什麼事都有可能。也可能什麼事都沒有。他的小說讀多了，就會覺得他在重複這句話。這會讓人很沮喪。活著就是像這樣。來說一個這樣的故事，關於活著，句子不可以太複雜。因為活著已經是很複雜的事。

沙特很不滿意所謂的寫實主義小說。他說，那種故事裡，「不管走去哪裡，草都不會生長。」因為事件過去了，小說裡的世界是死掉的。我想他應該來讀一點瑞蒙·卡佛。沒錯，就是一個死掉的世界。統統都變成了簡單過去式。但是老瑞蒙就是對這個死掉的世界很有興趣。就像我對他的簡單過去式也很感興趣，因為中文裡沒有。我從老瑞蒙的小說裡聽到一種聲音。是死人的聲音，但是很溫暖。我不知道是不是我有毛病？

「一件很小、很美的事」。那到底是什麼？

可以是幾根羽毛，也可以是一座宏偉的大教堂。我讀完那篇〈大教堂〉的時候，有一種溫暖激動的感覺。我不知道大教堂應該是什麼樣子，我也不知道幸福是什麼樣子，或是死亡是什麼樣子。我一天一天過下去，希望有一天會知道，但是也許永遠不會。我想，老瑞蒙會這麼跟我說，所以要寫下來啊！那個瞎子，讓自己的手「搭乘」著說故事的人的手，隨著繪出的線條在紙上走。他撫摸線條在紙上透出的凸痕。我也搭乘老瑞蒙的聲音，往人的心中走。他的短句子在我心上留下凸痕。瞎子真的不知道大教堂是什麼嗎？或許他才是那個繪出真正大教堂的人。很多人花很久的時間蓋的房子，那就是大教堂。我們後來都住在裡頭，但是我們繪不出教堂的樣子。

我第一次讀到瑞蒙．卡佛的時候，他已經死了。以前，我從來不知道，每一個故事中的每一個句子，都可以是一個祕密。

世界很大。我在我自己的生命裡，跟這個世界無關，又好像有關。老瑞蒙把世界變得很小，卻是一個充滿不可知的世界。每個人都知道那個世界是什麼，就像以為知道道德是什麼，愛情是什麼。我們都是拼圖中的一塊，每一塊拼圖有一定的形狀，一定的位置才能擺得進去。每一塊拼圖一定連著其他好幾塊，沒有一塊拼圖只有它自己。沒有人知道圖拼完會是什麼樣子。

之前；以後；然後；那時；這時；最後；終於；現在……我拿起一本瑞蒙·卡佛。

我開始拼圖，試著寫下一句簡單過去式。

目錄

1 羽毛

我這位同事，巴德，邀我和芙蘭一起去他家晚餐。我不認識他太太，他不認識芙蘭。這一來我們兩個倒是扯平了。不過我和巴德是朋友。我知道巴德家裡有一個小貝比。巴德邀我們吃飯的時候，那小貝比已經八個月大了。過去那八個月都上哪去了？真是，那一大段時間都跑哪去了呢？我還記得那天巴德帶了一大盒雪茄來上班。午餐時間他在餐廳裡發雪茄。藥妝店買的雪茄，荷蘭大師牌的。每一根雪茄上面都有一張紅色的貼紙，包裝上面寫著：這是男孩喔！我不抽雪茄，可我還是拿了一根。「拿一對，」巴德說。他搖了搖菸盒。「我也不喜歡雪茄。這都是她的主意。」他說的是他太太。歐拉。

我從沒見過巴德的太太，只在電話上聽過一次她的聲音。那是一個星期六的下午，我閒閒沒事，於是打電話給巴德，看他有沒有什麼大事可做。那女人接起電話說，「哈囉。」我當場傻眼，記不起她的名字了。巴德的太太。巴德不知道跟我說過多少次她的名字了，但我總是一耳進一耳出的，沒當一回事。「哈囉！」那女人又說。我聽得見那頭開著電視。這時那女人又說，「是哪位？」我聽見嬰兒的哭聲。「巴德！」那女人叫著。「怎麼了？」我聽見巴德說。到這時候我還是想不起她的名字，所以乾脆掛斷了。之後看見巴德，我打死都不肯說那通電話是我打的。不過我特意讓他說出了他太太的名字。「歐拉，」他說。歐拉，我在心裡說。歐拉。

「沒什麼事，」巴德說。我們兩個待在簡餐店裡喝咖啡。「就我們四個。你和你老婆，我和歐拉。真的沒事。七點過來。她六點要餵孩子。餵飽了讓他睡覺，那我們就可以吃了。我們家不難找。這是地圖。」他給我一張紙，紙上密密麻麻的大路小路，巷子弄堂，還有好多箭頭指著羅盤的方位。一個好大的X標明了他們家的位置。我說，「我們非常期待。」可是芙蘭並不怎麼興奮。

那天晚上，看電視的時候，我問她去巴德家需不需要帶點東西。

「帶什麼東西？」芙蘭說。「他有說要帶東西去嗎？我怎麼知道要不要？我什麼都不知道。」她聳聳肩膀，白了我一眼。她已經聽說了巴德邀我們吃飯的事。只是她不想認識他，也沒興趣認識他。「帶一瓶酒好了，」她說。「我都隨便啦。帶瓶酒去不就結了？」她甩甩頭。一頭長髮在她肩膀上來回晃著。我們幹嘛管別人呢？她像是在這麼說。

我們自己過得挺好的。「過來，」我說。她靠近我，我摟著她。芙蘭是超大杯解渴的水。她有一頭垂到背上的金髮。我撩起一些髮絲聞著。我的手纏著她的髮。她讓我抱著她。我把臉埋入她的髮間，更用力的摟緊她。

有時候她的長髮會擋住視線，她必須用手把它撥到肩膀上。為此她很生氣。「這個頭髮，」她說。「真是麻煩。」芙蘭在一家奶油廠工作，上工的時候都得把頭髮盤起來。每天晚上她都要洗頭，然後在我們看電視的時候拿髮刷不斷的梳理。她三不五時的威脅說要把它剪掉。我知道她只是說說而已。她知道我超喜歡她這頭長髮。我甚至跟她說過當初就為了這頭長髮才愛上她的。要是剪了它，很可能我就不愛她了。有時候我會叫她「瑞典人」。她真的可以冒充瑞典人。在屬於我們兩個人的這些個夜晚，我們會肆無忌憚地大聲說出心裡想的、現實中還得不到的東西。譬如一輛新車，便是其中之一。我們也希望能夠去加拿大度兩三個禮拜的假。但有一件事我們都不想要，那就是孩子。我們不想生的理由是因為我們不想要。也許將來再說吧，我們告訴彼此。總之現在還不想。我們都認為再等等吧。有些夜晚，我們會去看場電影，其他時間我們只是待在家裡看電視。有時候芙蘭會為我烘烤一些點心，不管好不好吃，我們都會一口氣把它吃完。

「說不定他們不喝酒，」我說。

「就帶瓶酒吧，」芙蘭說。「他們不喝，我們喝。」

「白酒還是紅酒？」我說。

「帶些甜點吧，」她沒理會我的問話。「反正帶什麼我都無所謂。那是你的朋友。我們不必太費神，否則我就不去了。我也可以做個撒覆盆子的咖啡蛋糕，或者一些杯子蛋糕什麼的。」

「他們會準備甜點的，」我說。「你總不會請人吃飯不準備甜點吧。」

「也許他們準備的是米布丁。或者是果凍！都是我們不愛吃的，」她說。「我完全不認識那個女人。我們哪知道她會做些什麼？萬一她拿果凍給我們吃怎麼辦？」芙蘭搖著頭。我聳聳肩膀。她說的沒錯。「他給你的那幾根雪茄，」她說。「把它帶了去。吃完晚飯，你們兩個就可以在客廳抽雪茄喝葡萄酒，就像電影裡那些人那樣。」

「好，我們就帶這些，」我說。

芙蘭說，「我們帶一條我自己做的麵包吧。」

§

巴德和歐拉住的地方離市區二十哩。我們在這個市鎮住了三年，該死的是，我和芙蘭幾乎沒怎麼在這一帶的鄉間晃過。在這些蜿蜒的小路上開車，感覺很不錯。將近黃昏，天氣暖和舒適，可以看見牧場、柵欄，乳牛慢吞吞的向老舊的穀倉走去。我們看見紅翅膀的畫眉停在圍籬上，成群的鴿子圍著乾草堆打轉。花園裡野花盛放，路邊的小房子跟路面隔著好一段距離。我說，「要是我們在這裡有間房子該多好。」這不過是一個空想，又一個現實中達不到的願望。芙蘭不答腔。她忙著查看巴德給的地圖。我們來到了他標明的四向路口，照著地圖右轉，向前不多不少的開了零點三哩。道路左邊，我看見一塊玉米田，一個信箱，一條長長的碎石子車道。車道盡頭，幾株樹後面，立著一棟帶有前門廊的房子。屋頂有一根煙囪。現在是夏天，所以想當然，煙囪不會冒煙。不過我覺得這真是一幅美麗的圖畫，我把這個想法告訴芙蘭。

「那只是一些伸出來的樹枝椏，」她說。

我轉進車道。車道兩邊都長著玉米，玉米長得比車子還高。我聽得見輪胎壓上碎石子的聲音。慢慢靠近屋子的時候，我瞧見園子裡有一些棒球大小的綠色東西吊掛在藤蔓上。

「那是什麼？」我說。

「我哪知道？」她說。「南瓜吧，也許是。我不知道。」

「嘿，芙蘭，」我說。「放輕鬆。」

她不說話，只是咬了咬下嘴唇。車子開到屋子前面，她把收音機關了。前院裡豎著一個嬰兒的搖椅，門廊上攤著一些玩具。我才剛把車子停在門前，就聽見一聲好可怕的怪叫。屋子裡有個小貝比，沒錯，可是這個叫聲，以一個嬰兒來說未免太大聲了。

「這是什麼聲音？」芙蘭說。

忽然，一個跟禿鷹一般大的東西從一棵樹上重重的落下來停在車子前面，渾身抖動。牠把長長的脖子轉向我們的車子，抬起頭，打量著我們。

「搞什麼鬼，」我說。我兩手把著方向盤，怔怔的看著這個東西。

「怎麼會這樣啊？」芙蘭說。「我從來沒這麼近看過一隻真的。」

我們當然知道那是一隻孔雀，但誰也沒說出口。我們只是呆呆的看著牠。那鳥扭頭向著天，又發出一聲刺耳的怪叫。牠鼓起羽翅，看起來比牠剛降落的時候還要大上兩倍。「搞什麼鬼，」我又說了一次。我們兩個待在座位上不敢動。

那鳥向前挪了一點，然後側轉頭，全神戒備。明亮野性的眼睛緊盯著我們。牠的尾巴豎起來，像把大扇子似的開開合合，閃現著彩虹的顏色。

「我的天哪，」芙蘭輕輕說著，一隻手擱到我的膝蓋上。

「搞什麼鬼，」我實在沒別的話可說。

那鳥又發出一聲刺耳的怪叫，「魅——噢，魅——噢！」的聲聲叫著。要是在夜裡，第一次聽見這個叫聲，我一定以為有人要死了，要不就是出現了什麼兇野駭人的東西。

前門打開，巴德走上門廊。他邊走邊扣著襯衫。他的頭髮濕濕的，看起來像剛剛沖過澡。

「別叫，啾伊！」他對著孔雀說。他朝著那鳥拍拍手，那東西稍微退後一些。「吵死了。對，閉嘴！不許再叫，你個老鬼！」巴德走下台階。他一面塞著襯衫一面走向車子。他穿著平常工作的衣服——藍色牛仔褲和粗棉布襯衫。我穿的是休閒褲和短袖運動衫，還有一雙很好的平底便鞋。看見巴德的穿著，我覺得自己盛裝而來反倒是多餘了。

「很高興兩位大駕光臨，」巴德走到車子旁邊說。「快進屋裡去吧。」

「嗨，巴德，」我說。

我和芙蘭下了車，那孔雀向邊上挪了幾步，一副鬼頭鬼腦的樣子。我們盡量跟牠保持距離。

「這地方還好找嗎？」巴德對著我說。他沒看芙蘭。他在等著介紹。

「你給的方向很清楚，」我說。「嘿，巴德，這是芙蘭。芙蘭，這是巴德。她對你可是清楚得很啊，巴德。」

他哈哈大笑，兩個人握了握手。芙蘭比巴德高。巴德必須抬起頭看她。

「他常談起你，」芙蘭說。她順勢把手抽回來。「總是巴德這，巴德那的。在這裡你是他唯一的朋友。我真的聽都聽熟了。」她始終留意著那隻孔雀。牠已經慢慢的靠近門廊。

「好朋友嘛，」巴德說。「他當然要常常叨唸我才行啊。」巴德邊說邊笑，還往我手臂上捶了一下。

芙蘭一直捧著那條麵包，不知道該怎麼辦。她把麵包交給巴德。「我們帶了一點東西過來。」

巴德接過麵包。他翻來翻去的看著，彷彿這輩子頭一次看到麵包似的。「你們太客氣了。」巴德把麵包舉到臉上用力的聞。

「這麵包是芙蘭親手烘烤的，」我對巴德說。

巴德點了點頭，接著說，「我們進去吧，去看看我太太，孩子的媽。」他說的當然就是歐拉。這兒唯一稱得上媽的只有歐拉。巴德告訴過我他的母親已經過世，而他父親在他很小的時候就離開了他們。

那孔雀跑在我們前面，巴德把門打開的時候，牠一跳就跳上了門廊。牠居然想進去屋子裡。

「啊呀，」孔雀挨著芙蘭的腿，她叫了起來。

「啾伊，該死的東西，」巴德說。他照著那鳥的頭頂敲了一記。孔雀往後退開，抖了抖身子，牠尾巴上的翎毛跟著發出一陣喀啦喀啦的響聲。巴德擺出一副要踢牠的架式，孔雀更加往後退開。巴德為我們撐開大門。「她都讓這個該死的東西進屋子裡。再過不久，我看牠就要上桌吃飯上床睡覺了。」

芙蘭停在進門的地方。她回頭望著玉米田。「你們這裡真的很不錯，」她說。巴德還在替我們撐著那扇門。「是吧，傑克？」

「沒錯，」我說。聽她這麼說，倒是令我很意外。

「這地方其實沒你說的這麼好，」巴德仍舊撐著門。他朝那隻孔雀比了一個威脅的手勢。「反正湊合著過罷了。」接著他又說，「快進來吧，兩位。」

我說，「嘿，巴德，那邊種的是什麼？」

「是番茄，」巴德說。

「還真是貨真價實的農夫啊，」芙蘭晃著腦袋說。

巴德大笑。我們進了屋子。一個盤著髮髻、富富泰泰的小女人在客廳裡等著我們。她兩手兜著圍裙，兩頰通紅。我起初還以為她是不是喘不過氣來了，或者是在生誰的氣。她隨便的掃了我一眼，視線就落到芙蘭的身上。那眼神並沒有不友善的意思，只是盯著看。她繼續紅著臉，看著芙蘭。

巴德說，「歐拉，這是芙蘭。這是我朋友傑克。就是我常跟妳提起的那個傑克。兩位，這是歐拉。」他把麵包遞給歐拉。

「這是什麼？」她說。「喔，是自己做的麵包。謝謝。隨便坐。別客氣。巴德，招呼一下，問問人家想喝些什麼？我爐子上煮著東西呢。」歐拉說著，就帶著麵包回廚房去了。

「坐啊，」巴德說。我和芙蘭咚的坐到沙發上。我掏出香菸。巴德說，「菸灰缸在這兒。」他從電視機頂上取下一個很重的玩意，把它擱在我面前的茶几上。那是一個天鵝形狀的玻璃菸灰缸。我點上菸，把火柴棒扔進開著大口的天鵝背，看著一縷煙氣從天鵝身上飄散出來。

彩色電視開著，我們看了一會兒。螢幕上，幾輛賽車繞著一條跑道疾駛。播報員用刻板的聲調在播報，可是聽起來好像是在拚命壓抑內心的興奮。「我們還是要等候正式確認的結果，」播報員說。

「你們要看這個嗎？」巴德說。他仍舊站著。

我說我無所謂。我真的無所謂。芙蘭聳聳肩膀，那意思像是在說，看不看有差嗎？反正今天橫豎就是這樣了。

「只剩下二十圈了，」巴德說。「就快結束了。之前簡直撞成一團，出事的車子起碼有半打以上，好些駕駛都受了傷。他們還沒報說傷亡有多慘重呢。」

「那就開著吧，」我說。「繼續看看。」

「說不定其中一輛車就會在我們眼前爆炸，」芙蘭說。「搞不好還會撞上看台，把賣熱狗的那個傢伙撞翻。」她把一撮頭髮夾在手指間，兩眼緊盯著電視。

巴德看著芙蘭，看她是不是在說笑。「這連續衝撞可不是開玩笑的。整輛車，支離破碎的車，還有在場的人，飛得到處都是。哎，你們想喝什麼？我有啤酒，還有一瓶老烏鴉威士忌。」

「你喝什麼？」我問巴德。

「啤酒，」巴德說，「很涼很好喝。」

「那就喝啤酒吧，」我說。

「我來一點加水的老烏鴉，」芙蘭說。「麻煩倒在高腳杯裡，再加點冰。謝謝你，巴德。」

「沒問題，」巴德說。他再朝電視瞥一眼，就去廚房了。

芙蘭用手肘頂我一下，往電視的方向點點頭。「看上面，」她悄聲說。「你看見了嗎？」我看著她指點的方向。電視機頂上有一支細瘦的紅瓶子，有人在小瓶子裡插了幾朵雛菊。小花瓶旁邊的小桌布上，坐著一副石膏塑的，歪七扭八，難看到了極點的舊假牙。這難看的玩意既沒有上下嘴唇，也沒有齒顎，那些塑膠牙齒就直接塞在一坨像牙齦的黃色東西裡面。

就在這時，歐拉拿著一罐堅果和一瓶麥根沙士進來，身上的圍裙已經摘下來了。她把堅果罐子擱在那只天鵝菸灰缸的邊上。她說，「你們自己拿，別客氣。巴德正在弄飲料。」歐拉說著臉又紅起來。她坐進一張老舊的藤搖椅，前後的搖著。她邊喝沙士邊看電視。巴德端著一個木質的小托盤走過來，托盤上擱著一杯芙蘭的威士忌加水和我的啤酒。他自己的一瓶啤酒也在托盤上。

「你要玻璃杯嗎？」他問我。

我搖頭。他拍拍我的膝蓋，轉向芙蘭。

她從巴德手上接過酒杯說，「謝謝。」她的視線又落到那副牙齒上。巴德也朝她看的方向望過去。這時候，螢幕上那些賽車在跑道上嘰嘰歪歪的繞著圈子。我拿了啤酒，專注的看著電視。那副牙齒不干我的事。「那是歐拉戴牙套之前的齒模，」巴德對芙蘭說。「我已經看習慣了。不過放在這上頭看起來挺怪的。我也不知道她為什麼要留著它。」他看看歐拉，再對著我眨了眨眼，然後坐進那張懶人椅，翹起二郎腿。他邊喝著啤酒邊看著歐拉。

歐拉的臉又紅起來了。她握著那瓶沙士，喝了一口。她說，「留著它，是為了提醒我自己對巴德虧欠很多。」

「妳說什麼？」芙蘭說。她正在堅果罐頭裡找腰果。芙蘭停下手邊的動作看著歐拉。「抱歉，我剛剛沒注意聽。」芙蘭看著那女人，等著她回話。

歐拉的臉再度漲紅。「我要感謝的事太多了，」她說。「這只是其中一件。我就是要留著它，提醒自己我欠巴德好多好多。」她喝一口沙士，放下了瓶子說，「妳的牙齒很漂亮，芙蘭。我一眼就看到了。可是我這些牙，從我小時候就這麼歪七扭八的。」她用指甲尖敲敲她前面幾顆門牙。她說，「我的父母親沒錢幫我整牙。這些牙齒就這麼一直跟著我。我的前夫根本不在乎我長怎樣。他完全不在乎！他只在乎他的下一瓶酒在哪裡。全世界他只有一個朋友，就是他的酒瓶。」她搖頭。「後來巴德出現了，把我從那一團混亂當中拉出來。等我們正式在一起之後，巴德對我說的第一件事就是，『我們去把這些牙齒好好矯正一下。』那個齒模就是我剛跟巴德認識時候做的，那是我第二次去見整牙醫生，就在我戴上牙套之前。」

歐拉的臉始終紅著。她看著螢幕上的影像，喝著沙士，似乎再沒有別的話要說了。

「那位整牙醫生肯定是個高手，」芙蘭說。她又看著電視機頂上那副驚悚無敵的牙齒。

「他太棒了，」歐拉說。她轉過身說，「看到沒？」她張開嘴，再次向我們露出她的牙齒，這次沒有一點難為情的樣子。

這時巴德已經去電視機前面，拿下那副牙齒，走回歐拉身邊，把它湊到歐拉的臉頰旁。「整牙前，整牙後，」巴德說。

歐拉伸手接住那副齒模。「妳知道嗎？整牙醫生本來想自己留下來的。」她說話的時候把它擱在腿上。「我說不行，這是我的牙齒。所以他只能拍照存證。他告訴我，他要把照片登在雜誌上。」

巴德說，「你們想想那會是個什麼雜誌。依我看銷路肯定不好，」他說，我們全都笑了。

「等我拿掉牙套之後，每次笑的時候我還是會把手摀在嘴上。就像這樣，」她說。「到現在我有時候還會這麼做。習慣了。有一天巴德說，『妳可以停止這個動作了，歐拉。妳用不著再把這麼漂亮的牙齒藏起來，妳現在的牙齒很漂亮。』」歐拉看著巴德，巴德對她眨眨眼。她低下頭咧著嘴笑。

芙蘭喝著她的威士忌，我喝了幾口啤酒。對這事我不知道該說什麼。芙蘭也一樣。但我知道待會兒她一定有很多話要說。

我說，「歐拉，我有一次打過電話來，是妳接的，可是我掛斷了。我也不知道當時為什麼要掛斷。」我說完話再喝一口啤酒。我真不知道自己幹嘛要提起這件事。

「我不記得了，」歐拉說。「哪時候的事？」

「有一陣子了。」

「我不記得了，」她搖搖頭，撥弄著腿上的齒模，眼睛看著賽車，繼續搖著搖椅。

芙蘭把視線轉向我，努了努嘴唇，沒說話。

巴德說，「哎，有沒有什麼新鮮事啊？」

「吃點堅果吧，」歐拉說。「晚飯一會兒就好了。」

後面一間房裡傳來哭聲。

「不會吧，」歐拉對著巴德扮了個怪臉。

「這小子，」巴德說。他靠回椅背，我們繼續看賽車，剩下三四圈左右，電視轉成靜音。

我們又聽見一兩次小嬰兒的哭聲，小小的、焦躁的哭聲從屋子最裡面的房間傳出來。

「奇怪，」歐拉說。她從搖椅上站起來，「樣樣都安頓好了。就等著上桌，等我把肉汁端上來就行了。我看我還是先去看看他吧。你們先入座好不好？我一會兒就來。」

「我想去看看小貝比，」芙蘭說。

歐拉手裡仍舊拿著那副齒模。她走過去把它放回電視機頂上。「他大概在鬧脾氣，」她說。「他怕生。等一下吧，看我能不能把他哄睡了，妳再進來看。他睡著了就沒事。」她說著就往走廊後面的房間走去。她打開一扇門，輕手輕腳的走進去，帶上門。嬰兒的哭聲停止了。

巴德關了電視，我們三個走進餐廳入座。我和巴德聊著工作上的瑣事。芙蘭在一旁聽著，甚至也會插嘴問一兩個問題。我看得出來她覺得很無趣，也許是因為歐拉沒讓她進去看小貝比而有些不高興。她望著廚房東看西看，手指不停的纏弄著髮絲。

歐拉回到廚房說，「我給他換了尿片，又拿橡皮鴨子給他玩。現在大概可以讓我們好好吃頓飯了。不過也很難說。」她掀開鍋蓋，把平底鍋從爐灶上移開。她把紅色的肉汁倒進一只碗裡，把碗端上餐桌。她冉掀開另外幾只鍋蓋，瞧瞧一切是否就緒。餐桌上擺著烤洋火腿、地瓜、薯泥、荷蘭豆、玉米棒，蔬菜沙拉。芙蘭帶來的麵包放在洋火腿邊上最顯眼的位置。

「我忘了餐巾了，」歐拉說。「你們先吃。想喝點什麼嗎？巴德三餐都配著牛奶喝。」

「牛奶不錯啊，」我說。

「我喝水，」芙蘭說。「我自己來吧。妳已經夠忙的，別伺候我了。」她擺出要站起來的架式。

歐拉說，「不要啦。你們是客人。只管坐著，我去拿。」

我們只好坐著，把手按在腿上等著。我想著那副石膏齒模。歐拉回來了，帶了餐巾，兩大杯牛奶給我和巴德，一杯冰水給芙蘭。芙蘭說，「謝謝。」

「不用客氣，」歐拉說。她這才坐了下來。巴德清清嗓子，低下頭唸了幾句禱告詞。他禱告的聲音很低，我幾乎聽不清楚他在唸些什麼。不過大意還是聽懂一些——類似感謝主賜給我們好吃的食物。

「阿門。」他唸完的時候歐拉說。

巴德把洋火腿盤遞給我，他自己取了一些馬鈴薯泥。我們埋頭吃著，沒怎麼說話，除了巴德或者我偶爾說上兩句，「這火腿真好」，或是「這玉米好吃，我沒吃過這麼甜的玉米棒」之類的。

「這麵包很特別，」歐拉說。

「請再給我一些沙拉，謝謝，歐拉，」芙蘭的口氣似乎稍微緩和了一些。

「再來點這個，」巴德在遞給我洋火腿或肉汁的時候都會這麼說。

我們不時會聽見嬰兒的叫鬧聲。歐拉每次都回過頭仔細的聽，等到確定沒事之後，才放心的把注意力集中到食物上。

「今天晚上貝比好像不大開心，」歐拉對巴德說。

「我還是想看看他，」芙蘭說。「我姐姐也有一個小貝比。她現在帶著孩子住在丹佛。可我哪時候才能去丹佛啊？我這個小外甥，到現在都還沒見過面呢。」芙蘭呆呆的想了一會兒，再繼續吃東西。

歐拉叉了些洋火腿進嘴裡。「等會兒吧。只要他能趕快睡著就行了。」

巴德說，「飯菜還有很多，再吃些火腿和地瓜吧，來，大家多吃一點。」

「我一口都吃不下了，」芙蘭說，她把叉子放在餐盤上。「很好吃，不過我真的吃不下了。」

「那留著點肚子吧，」巴德說。「歐拉還做了大黃派餅呢。」

芙蘭說，「我大概可以吃一小片。你們先吃吧。」

「我也是，」我說。我這完全是客套話。打從十三歲起我最討厭吃的就是大黃派餅，那次我配著草莓冰淇淋一起吃，結果大病一場。

我們把自己盤子裡的食物吃乾淨。忽然又聽見那隻孔雀的聲響。這次那鬼東西上了屋頂，我們聽見牠就在我們頭頂上，在瓦片上來回走動，不斷發出踢踢踏踏的聲音。

巴德搖頭。「啾伊過一會兒就會停下來的，牠轉個幾圈就累了，」巴德說。「牠就睡在外面那些樹上。」

那鳥又放聲怪叫。「魅——噢！」桌上沒人說話。能說什麼呢？

這時歐拉說了，「牠想進來，巴德。」

「牠不可以進來，」巴德說。「我們有客人，別忘了。人家可不想屋子裡出現這麼一隻該死的老鳥。這隻髒鳥加上妳那副爛牙！人家會怎麼想啊？」他猛搖頭，哈哈大笑。我們都笑了。芙蘭也跟著大家一起笑。

「牠不髒，巴德，」歐拉說。「你是怎麼了？你喜歡啾伊的呀。你從哪時候開始嫌牠髒了？」

「從牠在地毯上拉屎那次開始，」巴德說。「抱歉用詞不雅，」他對芙蘭說。「老實說，有時候我真想把這隻老鳥掐死。不過這麼做很不值得，對吧，歐拉？有時候，在半夜，牠的怪叫聲能讓我整個人從床上彈起來。牠連個屁都不值——對吧，歐拉？」

歐拉對巴德這番話只能搖頭。她又挖了些荷蘭豆到盤子上。

「你們當初是怎麼弄來這隻孔雀的？」芙蘭很想知道。

歐拉抬起頭。她說，「我一直想養一隻孔雀。打從我小時候，在雜誌上看見一張孔雀的照片開始。我認為那是我見過最美麗的東西。我剪下那張照片，把它貼在床頭上。這張照片我保存了好久好久。後來我和巴德住到這裡，我覺得機會來了。我說，『巴德，我想養一隻孔雀。』當時巴德還取笑我。」

「最終我還是去四處打聽，」巴德說。「我打聽到鄰郡有個專門養這種東西的老傢伙。他管牠們叫做天堂鳥。我們花了一百塊美金買下這隻天堂鳥，」他說，重重拍了自己一記額頭。「萬能的主啊，我可真是給自己找了個拜金女啊。」他衝著歐拉咧開嘴。

「巴德，」歐拉說，「你明知道事實不是這樣的。更何況，啾伊是一隻很棒的看門狗，」這句話她是對著芙蘭說的。「我們不需要再養看門狗了。啾伊什麼都聽得清清楚楚。」

「如果有一天實在沒飯吃了，我就把啾伊整隻放進鍋子裡煮，」巴德說。「連毛帶骨。」

「巴德！別亂開玩笑，」歐拉說，卻又張嘴大笑，於是我們又再一次欣賞到她的牙齒。

那嬰兒又開始躁動，這次哭得超大聲。歐拉放下餐巾，站了起來。

巴德說，「要是一直這麼鬧，不如把他抱過來吧，歐拉。」

「我也是這麼想，」歐拉說著，就進屋裡去抱孩子了。

那孔雀又哀嚎了一次，我能感覺到脖子上的汗毛全體肅立。我看看芙蘭，她把餐巾拿起又放下。我望著廚房的窗戶。外面天色都黑了。窗戶開著，窗框上裝了一道紗窗。我認為那鳥還待在前門廊上。

芙蘭把視線轉向走道，她在等待歐拉和嬰兒。

過了好一會，歐拉抱著孩子回來了。我看了嬰兒一眼，倒抽了一口氣。歐拉抱著孩子坐下來。她撐住嬰兒的胳肢窩，讓孩子站在她腿上面向我們。她先看芙蘭再看我。現在她的臉一點都不紅了。她在等候我們的評語。

「啊！」芙蘭說。

「怎麼了？」歐拉飛快的說。

「沒事沒事，」芙蘭說。「我以為在窗戶上看見了什麼，我以為是隻蝙蝠。」

「這附近沒有蝙蝠，」歐拉說。

「也許是隻飛蛾吧，」芙蘭說。「不管它了。哦，」她說，「好特別的孩子。」

巴德看著嬰兒，再抬頭看著芙蘭。他把椅子往後仰，點點頭，接著又點點頭，說，「沒關係，安啦。我們知道他現在還贏不了什麼選美大賽。他不是什麼克拉克．蓋博①。給他點時間，再加上一點運氣，相信他一定能長得跟他老爸一個樣。」

嬰兒站在歐拉的腿上，看著坐在桌邊的我們。歐拉把手稍微往下移，那孩子就蹬著兩隻肥腿前前後後的搖晃著。毫無疑問，這孩子絕對是我見過最最醜的一個，醜到我無話可說，我真的一個字都吐不出來。我指的不是生病或是畸形，絕對不是。他就是醜。他有一張大紅臉，一對金魚眼，一個寬到不行的額頭，還有兩片又大又厚的嘴唇皮。他根本沒有脖子，下巴肉倒有三四層，從耳朵底下開始長起，而那兩隻耳朵更像是從禿頭邊上直接蹦出來似的。手腕上全是垮下來的肥肉，臂膀和手指也全是肥肉。真的，說他醜還算是客氣了。

這醜小孩出著怪聲，在他媽媽的腿上跳起跳落，忽然他停住不跳了，整個身子向前傾，一隻肥手努力的搆向歐拉的餐盤。

① Clark Gable, 1901–1960，美國影星，世紀名片「亂世佳人」的男主角。

嬰兒我看得多了。我還沒「轉大人」的時候，我兩個姐姐已經生了六個孩子，所以從小就有一堆嬰兒在我身邊繞。在店裡或其他地方我也看過很多嬰兒。只有這一個，真是無人能比，太驚人了。芙蘭也在看他。我猜她一定也不知道該說什麼才好。

「他個頭好大，是吧？」我說。

巴德說，「我敢說再過不久他就能踢足球了，這個家裡可絕對不能少他一頓吃的。」

似乎為了證明這個說法，歐拉又起一叉子的地瓜，送到嬰兒的嘴邊。「他是我的寶貝喔，對不對？」她對著那肥蛋說，完全忽視我們的存在。

嬰兒湊近身子，張開嘴接地瓜。歐拉把地瓜送進他的嘴裡，他一口咬住叉子，合起嘴巴。他起勁的嚼著，在歐拉的腿上晃得更兇。他真的太「卜派」了，就像插上了插座似的。

芙蘭說，「他真的很特別，歐拉。」

嬰兒的臉揪成一團，又開始哭鬧。

「讓啾伊進來吧，」歐拉對巴德說。

巴德把翹起的椅子回穩到地板上。「我們至少應該問問人家介不介意吧，」巴德說。

歐拉看看芙蘭，再看看我。她的臉又漲紅了。嬰兒繼續不斷的在她腿上跳起跳落，扭動著想要下來。

「大家都是好朋友，」我說。「你們怎麼決定都行。」

巴德說，「也許人家不喜歡有一隻像啾伊那麼大的老鳥待在屋子裡。妳都沒想過這點嗎，歐拉？」

「你們兩位介意嗎？」歐拉衝著我們說。「如果讓啾伊進來的話？今天晚上那鳥很反常，寶貝也是。他習慣在睡覺以前，讓啾伊進屋裡來跟他玩一會。今晚他們兩個都亂了套了。」

「別問我們，」芙蘭說。「我不介意。我從來沒跟一隻孔雀這麼接近過。不過我不介意。」她看著我，我看得出來她希望我也說幾句話。

「當然，當然不會介意，」我說。「讓牠進來吧。」我端起杯子，把牛奶全部喝光。

巴德從椅子上站起來，走過去開了前門，同時把前院的燈也開亮了。

「小貝比叫什麼名字？」芙蘭想要知道。

「哈洛，」歐拉說。她再叉了一些地瓜給哈洛。「他真的很聰明，精得一塌糊塗，妳說什麼他都懂。是吧，哈洛？等你們自己有了小寶寶，芙蘭，到時候妳就明白了。」

芙蘭只是看著她。我聽見前門開了又關。

「這倒是真的，他真的很聰明，」巴德回進廚房說。「他像歐拉的爸爸。現在又給妳送來一個小聰明蛋了。」

我在巴德後面張望，看見那隻孔雀畏畏縮縮的待在客廳裡，腦袋不停地轉來轉去，就像拿著面鏡子轉來轉去的在照自己。牠抖動身子，發出來的聲音很像隔壁房間有人在洗紙牌似的。

牠朝前探一步，然後再一步。

「我可以抱抱他嗎？」芙蘭說。她說這話的感覺好像如果歐拉答應了，那便是天大的恩惠。

歐拉橫過桌子把嬰兒遞給她。

芙蘭想要讓嬰兒安穩的待在她的腿上，嬰兒卻扭來扭去吵個不停。

「哈洛，」芙蘭說。

歐拉看著芙蘭和嬰兒。她說，「哈洛的外公十六歲那年，立下了讀百科全書的計畫，按著字母的順序，從A到Z。他真的說到做到。在二十歲那年全部讀完了。就在他遇見我媽之前不久。」

「他現在在哪裡？」我問。「他在做什麼？」我很想知道立下這樣一個目標的人結果怎麼了。

「他死了，」歐拉說。她盯著芙蘭，這會兒芙蘭已經讓嬰兒平躺在她的膝蓋上。芙蘭逗弄著嬰兒的下巴肉。她開始用咿咿呀呀的兒語跟嬰兒說話。

「他在樹林裡伐木，」巴德說。「工人砍的一棵樹砸到了他。」

「我媽拿到一些保險公司的理賠金，」歐拉說。「可是她都花光了。現在巴德每個月寄錢接濟她。」

「不多，」巴德說。「我們自己也沒什麼錢。但她總是歐拉的母親嘛。」

這時候，那孔雀終於壯起膽子慢慢走動起來，一搖一顛的晃進了廚房。牠的腦袋很有角度的豎著，紅眼睛牢牢的盯著我們。頭頂那一小撮羽冠，大約有好幾吋高。尾巴上的羽飾也整個展開了。那鳥在離桌子幾呎遠的地方停下來，仔細的打量我們。

「叫牠們天堂鳥並不是沒道理的，」巴德說。

芙蘭沒抬頭，她全副的注意力都放在嬰兒身上。她在跟他玩拍拍手，這一招逗樂了嬰兒。我的意思是，至少這小東西不再吵鬧了。她把他抱起來送到脖子邊，對著他的耳朵說悄悄話。

「哪，」她說，「不許把我說的話告訴別人喔。」

嬰兒用他那一對金魚眼瞪著她，忽然伸出手一把抓住芙蘭的金髮。那孔雀挨近了餐桌。我們誰也不說話，只是靜靜的坐著。「小貝比」哈洛看見了那隻鳥，就立刻放開芙蘭的頭髮，站在她的腿上，肥手指一個勁的指著那鳥，整個人跳上跳下的亂叫。

孔雀飛快地繞過餐桌，趕到嬰兒面前。牠的長脖子橫過嬰兒的腿，牠的鳥嘴伸進嬰兒睡衣的領口，僵直的腦袋來來回回的蹭著。嬰兒樂不可支的笑著，踢著胖腿。他快速的扭動背部，從芙蘭的膝蓋一路滑到地上。孔雀繼續推著嬰兒，彼此彷彿在玩一種遊戲。芙蘭想把嬰兒拉回來，他卻使勁的往前掙。

「我真不敢相信耶，」她說。

「這沒什麼，這隻孔雀就是瘋了，」巴德說。「這該死的傢伙不知道自己是隻鳥，牠最大的問題就出在這兒。」

歐拉咧開嘴再一次展現她的牙齒。她望著巴德。巴德推開座椅點了點頭。

這個嬰兒確實有夠醜。不過，就我的觀察，這對巴德和歐拉來說並沒什麼。或者，醜歸醜，他們的想法很簡單，再怎麼醜，他終歸是我們的貝比。現在的他只是一個階段。過不久，很快的，就會到達另外一個階段。就長遠來看，等到一個階段一個階段都過完之後，事情一定會有轉圜。或許他們的想法就是這樣。

巴德抱起嬰兒，撐在頭頂上晃著，一直晃到哈洛發出尖叫。孔雀張著羽毛在一旁盯著看。

芙蘭再度搖頭。她把衣服上剛才被嬰兒弄皺的地方順平。歐拉拿起叉子舀了些荷蘭豆在自己的餐盤裡。

巴德把嬰兒挪到了他的臀部，說，「還有派餅和咖啡喔。」

在巴德和歐拉家裡作客的那一晚真的很特別。我知道它特別在哪裡。那個晚上，讓我真正為自己人生中擁有的一切感到美好無比。我迫不及待的想跟芙蘭獨處，告訴她我心裡的感覺。那個晚上我許了一個願望。坐在餐桌旁，我閉上眼睛，用力地想。我的願望是這輩子絕對不要忘記，不要放開這個夜晚。這個願望果然成真。但也是這個願望為我帶來了厄運。當然，在那個當下我不可能知道。

「你在想什麼，傑克？」巴德問我。

「沒什麼，隨便想想，」我說罷，對著他笑。

「說出來吧，」歐拉說。

我只是笑笑，笑著搖了搖頭。

那一夜，我們從巴德和歐拉那兒回到家，躺在被窩裡，芙蘭說，「親愛的，快給我播些種子吧！」這句話我從腦袋到腳趾都聽見了，於是我發一聲喊，完全釋放出來。

後來，我們的一切有了改變，我們有了孩子之類的，芙蘭回想起來，認為一切的改變就從在巴德他們家的那一夜開始。其實不然。改變是後來才出現的——它來的時候，似乎是別人的事，好像那些事不可能會發生在我們自己身上似的。

「都是那兩個該死的人和那一個醜到爆的小孩，」晚上我們倆在看電視的時候，芙蘭常會沒來由地冒出這些話。「還有那隻臭斃了的鳥，」她說。「天哪，養牠來幹嘛啊！」芙蘭說。其實從那次以後她再也沒見過巴德和歐拉，但她還是經常會說出這一類的話。

芙蘭現在不去奶品廠工作了，她的長髮也剪掉很久了，而且人也變胖了。我們不談這個問題。還能說什麼呢？

我還是會在廠裡見到巴德。我們一起上工一起打開便當盒。要是我問起，他會告訴我歐拉和哈洛的情況。啾伊的情況就不清楚了。有天晚上牠飛到樹上，從此消失。牠沒再下來過。太老了吧，也許，巴德說。那棵樹之後由幾隻貓頭鷹接管。巴德聳聳肩。他邊吃著三明治邊說將來哈洛一定會當上球隊的後衛。「你真該來看看那孩子，」巴德說。我點點頭。我們仍舊是朋友，這一點倒是沒有改變。只是我對他說話變得很小心。我知道他感覺到了，我也知道他希望不要這樣。我也希望如此。

他很難得問起我的家裡。只要他問起，我都說還好。「都還好，」我說。我蓋上飯盒，掏出香菸。巴德啜著咖啡點點頭。事實是，我的孩子有一種與生俱來的，陽奉陰違的傾向。我不提這事，甚至連在他母親面前我也不提。尤其是她，更提不得。我和她之間的談話愈來愈少，多半只談電視。但我始終記得那個晚上。我記得那隻孔雀提起大灰腳一步一步繞著桌子走動。之後我朋友和他太太在前門廊跟我們說再見。我記得我們互相握手，擁抱，寒暄。在車子裡，芙蘭緊挨著我。她一隻手一直搭在我腿上。我們就這樣一路從我朋友家開回自己的家。

2 謝夫的房子

那個夏天，韋斯在尤里卡北邊，向一個剛戒完酒名叫謝夫的人租了一棟附帶家具的房子。他撥電話給我，叫我放下身邊的瑣事，搬過去跟他住。他說他在戒酒。我對戒酒這套太清楚了。可是他根本不接受我說個不字。他再次打電話來說，艾娜，從前面的窗戶看得見大海，妳可以聞到空氣裡的鹹味。我仔細聽他說話，字字清晰。我說，我考慮看看。我是當真的。一個星期後，他又來了電話說，妳來不來？我說我還在考慮。他說，我們重新開始吧。我說，如果我來，我要你為我做一件事。說吧，韋斯說。我說，我要你做回過去我認識的那個韋斯。那個老韋斯。那一個我當初跟他結婚的韋斯。韋斯哭了，我把這當成是一種示好的表現。所以我說，好吧，我去。

韋斯已經不跟他的女友來往了，也說不定是她不跟他來往了——我不清楚，也不在乎。既然我決定回頭去找韋斯，就必須跟我的現任男友說再見。我男友說，妳是在重蹈覆轍。他說，別這樣對我。那我們該怎麼辦？他問。我說，為了幫他，我非去不可，他正在努力戒酒，你還記得戒酒的情形吧。我記得，我男友說，可是我不要妳去。我說，我只去這一個夏天，之後再看看吧，我會回來的。他說，那我呢？誰來幫我呢？妳去了就別回來了，他說。

那個夏天我們喝咖啡，汽水，各式各樣的果汁。那整個夏天，我們只能喝這些東西。我發現自己真希望這個夏天永遠過不完。我的腦袋沒問題，在謝夫的房子裡，跟韋斯同居一個月之後，我竟然又把結婚戒指戴上了。我已經有兩年沒戴過這枚戒指。從韋斯喝醉酒，把他的戒指扔進桃子園裡的那一夜開始。

韋斯有些錢，所以我不必工作。而且謝夫幾乎是讓我們白住他的房子。屋裡沒有電話，我們只需要付瓦斯和電費，其他東西就上佳惠超市採買。一個星期天的下午，韋斯出去買灑水器，順便也給我買了些東西，一把漂亮的雛菊，和一頂草帽。每個星期二晚上我們去看電影。其他夜晚韋斯會去參加那些他所謂的不喝酒聚會。謝夫開車來接他，聚會完再送他回來。有時候我和韋斯會到附近的清水灣釣鱒魚。我們在河岸邊混上一整天，只能釣到幾條小魚。其實，幾條小魚分量剛好，當天晚上我就拿煎魚當晚餐。有時候我摘下帽子，熟睡在魚竿旁邊的毯子上。睡著前一刻，我只記得頭頂上的雲朵向著山谷飄去。夜裡，韋斯總把我摟在懷裡，問我還是不是他的女人。

兩個孩子住得離我們很遠。雪麗跟著一些人住在奧勒岡的一個農場上，照顧羊群，兼賣羊奶。她還養蜜蜂，收集蜂蜜裝成罐子。她有她的人生，我不怪她。只要我們不妨礙到她，爸媽要做什麼她都不會管。鮑比在華盛頓割乾草。乾草季節過後，他計畫去種蘋果。他有個女友，所以正忙著存錢。我寫信的時候總會附上一句，「永遠愛你們。」

一天下午，韋斯在院子裡拔草，謝夫駕著車來到屋子前面。我正在水槽邊忙著。我看著謝夫的大車停了下來。我能瞧見他的車、交流道和高速公路，也看得見高速公路後面的沙丘和大海。白雲高懸在海面上。謝夫下了車用力扯著褲子。我知道一定有事。韋斯停下手邊的工作站起來。他戴著手套和帆布帽。他把帽子摘下，用手背擦了擦臉。謝夫走上前一把攬住韋斯的肩膀。韋斯把一只手套脫了下來。我走到門口，聽見謝夫對韋斯說他實在感到很抱歉，他不得不請我們在這個月底以前搬走。韋斯把另一只手套也脫了下來。為什麼，謝夫？謝夫說他女兒，琳達，那女人韋斯從酗酒的時候就管她叫胖子琳達，她需要一個住的地方，就是這個地方。謝夫對韋斯說，琳達的老公幾個星期前駕漁船出海，從此沒了音訊。她是我的親骨肉，謝夫對韋斯說。她沒了丈夫，沒了她孩子的爹。我得幫她忙，我很高興還能夠幫上忙，謝夫說。真的很抱歉，韋斯，只好請你另外找房子了。然後，謝夫再一次擁抱韋斯，再一次用力扯了扯褲子，鑽進他的大車開走了。

韋斯進屋裡來。他把帽子和手套往地毯上一扔，朝大椅子上一坐。謝夫的椅子，我忽然想著。甚至，這也是謝夫的地毯。韋斯臉色發白。我泡了兩杯咖啡，拿一杯給他。

沒關係的，我說。韋斯，不必擔心，我說。我端著咖啡坐上謝夫的沙發。

現在這裡不歸我們住了，換成了胖子琳達，韋斯說。他舉著杯子，可是一口都沒喝。

韋斯，別想不開嘛，我說。

她的男人遲早會在開契肯②出現的，韋斯說。胖子琳達的老公只是想離開他們罷了。這哪能怪他呢？韋斯說。他說如果換成是他，他寧願駕船出海，也不要跟胖子琳達和那小孩過一生。韋斯把杯子放下，擱在手套邊上。到目前為止，這裡一直是我們的快樂

② Ketchikan，美國阿拉斯加州第五大城市。

窩，他說。

我們會找到另外一間屋子的，我說。

不會再像這裡了，韋斯說。不可能一樣了。這房子對我們來說最合適，這裡有好多美好的回憶。現在胖子琳達和她的孩子要來了，韋斯說。他拿起杯子淺嚐了一口。

這本來就是謝夫的房子，我說。他也是不得已啊。

我知道，韋斯說。可是我總可以不高興吧。

韋斯臉上就是這個表情。我懂得這個表情。他不斷用舌頭舔著嘴唇，不斷撥弄著褲腰帶底下的襯衫。他從椅子上站起來，走向窗戶。他站在那兒看海，看雲，雲愈聚愈多了。他用手指拍著下巴，好像在想什麼事情。他確實在想事情。

放輕鬆，韋斯，我說。

她要我放輕鬆，韋斯說。他仍然站在那裡。

下一秒他忽然走過來坐到我旁邊，架起二郎腿，把玩著自己的襯衫鈕釦。我握住他的手，開始說話。我說著這個夏天。我突然發現自己好像在說一件過去發生的事。然後我開始說起孩子。韋斯說他真希望可以重新來過，這次一定要好好做一個父親。

他們很愛你，我說。

沒有，他們不愛，他說。

我說，總有一天，他們會了解的。

也許吧，韋斯說。到那時候什麼都無關緊要了。

很難講，你料不到的，我說。

有些事情我很知道，韋斯說，他看著我。我知道我好高興妳肯來這兒，我絕對不會忘記妳做的一切，他說。

我也很高興，我說。我很高興你找到這個房子。

韋斯哼了一聲，笑了。我們兩個都笑了。這個謝夫，韋斯搖搖頭說。他居然拋給我們一個慢速的變化球，這混蛋。不過我很高興妳戴上了戒指，我很高興我們這次的相聚，韋斯說。

我接著又說了些話。我說，假如，我是說假如，之前什麼也沒發生。假如這次是第一次。這只是假如。假設的事情不會傷人的。如果說過去那些事情全都沒發生過。你懂我的意思嗎？那會怎樣？我說。

韋斯兩眼定定地看著我。他說，如果真是那樣，我想我們就成了別的人，不會是我們自己了。我不會存在那種假設。我們天造地設的就是我們。妳聽得懂我的意思吧？

我說我拋開所有，大老遠的跑來這裡，可不是為了聽他胡說這些話。

他說，對不起，可是我真的沒辦法像個別人似的跟妳說話。我本來就不是別人。如果我是別人，我就不會是我了。事實上我就是我。妳還不明白嗎？

韋斯，好了，沒關係，我說。我把他的手帶到我的臉頰上。忽然，沒來由的，我想起他十九歲時候的樣子，他在野地裡奔向他爸爸那台拖拉機時候的樣子——他爸爸坐在拖拉機上，手遮著眼，望著他。當時我們剛從加州開車上來。我抱著雪麗和鮑比走下車說，那是爺爺。只是那時候他們兩個還都只是小嬰兒。

韋斯坐在我身邊拍著他的下巴，似乎在計畫下一步該怎麼做。韋斯的爸爸已經走了，我們兩個孩子已經大了。我看看韋斯，再看看謝夫的客廳，謝夫的東西，我想著，我們得做出個決定，而且要快。

親愛的，我說。韋斯，你聽我說。

妳想說什麼？他說。他只說了這麼一句話，似乎已經做了決定。他已經拿定了主意，但是不急。他往沙發背上一靠，兩手交疊著搭在腿上，閉起了眼睛。他不再說話。他不必再說什麼。

我默默叫著他的名字。一個很容易叫的名字，我已經叫了它很長很長一段時間。我又再叫它一次，這次我大聲的叫出來。韋斯，我說。

他睜開眼，卻不看我。他只是坐在那裡望著窗戶。胖子琳達，他說。我知道那不是因為她，她什麼都不是，那只是一個名字罷了。韋斯站起來，拉上窗簾，大海不見了，就這麼簡單。我進去準備晚餐。冰箱裡還有些魚，沒什麼別的。今晚我們就把它清乾淨，我想，就當作是個了結吧。

3 保鮮

珊蒂的丈夫自從三個月前遭到解雇之後就一直窩在沙發上。三個月前的那天，他臉色慘白，神色驚惶的帶著一箱子上班用的東西回家。「情人節快樂，」他對珊蒂說，一面把一只心形的糖果盒和一瓶金邊威士忌放在廚房的餐桌上，把摘下的帽子也放在一旁。「我今天被炒魷魚了。嘿，妳說我們該怎麼辦，現在？」

珊蒂和她丈夫坐在餐桌上喝威士忌吃巧克力。他們倆討論著往後他能做什麼，別只是去幫人家的新房子蓋屋頂。兩個人想來想去想不出個結果。「一定會有辦法的啦，」珊蒂說。她有心要說些鼓勵的話，可是她也很慌亂。最後，他說他先睡個好覺再說。他真做到了。那晚他就把沙發當床，睡在那兒，從此以後他每晚都睡在那兒。

被解雇的第二天，他想到有一些社會失業福利可以申請。他上市中心的政府辦公處去填了些表格，順便找找其他工作。結果他這一行的工作機會根本沒有，別的行業也沒有。他向珊蒂用力描述找工作的人多到嚇人，他說得滿頭大汗。那晚他繼續回歸他的沙發。看樣子他打算把所有的時間都耗在這上面了，她想，在無事可做的情況下，他可就更名正言順了。偶爾他還是會出門去打探一下工作機會，每隔兩星期還必須去簽字領失業救濟金。其餘的時間他全部待在沙發上。簡直就像「住」在上面似的，珊蒂想。他「住」在客廳裡。他會看她從雜貨店買回來的雜誌；而最常看到的是，他在看她參加讀書俱樂部得到的一本大本贈書——書名叫做《神祕史蹟》。他兩手捧著那本書，腦袋整個湊在書頁上，好像真的被那書上的內容給吸引住了。可是再過一會，她發現他一點動靜也沒，還在看原來的那個地方——應該就在第二章左右，她猜。有一次珊蒂把書拿起來打開他看的那一章。內容在說荷蘭發現一具在泥炭沼裡躺了兩千年的男屍，有一頁上還附了一張照片。那人的眉毛皺著，臉上的表情卻很安詳。他戴了一頂皮帽，側躺著。那人的手腳都乾癟了，除此以外，看上去並不怎麼可怕。她再往下翻了幾頁，就把書放回到他原來放的位置。她丈夫把書擱在伸手可及的小茶几上，就在沙發前面。這該死的沙發！對她來說，現在這張沙發她連坐都不願意坐上去了。她無法想像過去他們兩個還曾經在那上面做愛。

報紙每天都會送來。他從第一頁讀到最後一頁。她看他什麼都讀，訃聞版，各大城市的氣溫報告，甚至連談論企業合併和利率的財經新聞版也不放過。早上，他起得比她早，搶先佔用洗澡間，然後打開電視泡咖啡。她覺得每天這個時間他似乎特別有精神，心情也特別好。等到她準備出門上班時，他又窩在沙發上看他的電視了。下午她下班回來電視多半還開著，他也還窩在沙發上，不是坐著就是躺著，身上穿著以前上班的衣服——牛仔褲配法蘭絨襯衫。偶爾電視也會有關掉的時候，他就捧著本書坐在那兒。

「今天怎麼樣？」她探頭看他的時候，他會這樣說。

「還好，」她說。「你呢？」

「還好。」

他總是在爐子上為她熱了一壺咖啡。在客廳裡，她都坐那張大椅子，他照例坐他的沙發，兩個人聊著她當天的工作情形。他們握著杯子，喝著咖啡，彷彿就是正常的一般人，珊蒂心裡想著。

珊蒂仍然愛著他，縱使她知道情況變得愈來愈奇怪。她很感恩自己還保有一份工作，她不知道往後事情會發展成什麼樣子，無論是對他們或是對世界上其他的人。有一次她向一個要好的女同事說起她丈夫——說他成天窩在沙發上。不知怎麼的，她朋友認為那沒有什麼好奇怪，這個回答令珊蒂又驚訝又沮喪。她朋友說了她那位住在田納西州的叔叔的事——她叔叔四十歲那年起就開始賴在床上，從此再也不肯下床，而且超愛哭——一天起碼大哭一次。她跟珊蒂說，她猜想她叔叔是在害怕變老，她猜他也許還害怕得心臟病之類的。這人現在已經六十三歲了，仍舊呼吸得好好的，她說。珊蒂聽了這些，簡直驚呆了。如果這女人說的是真話，她想，那男人在床上可是足足躺了二十三年。珊蒂的丈夫今年才三十一歲。三十一加二十三等於五十四。到那時候，她也五十好幾了。天哪，一個人哪能夠把下半輩子都耗在床上，或者是沙發上啊。要是她丈夫是受傷或是生病，再不然出了車禍，那還另當別論，她可以體諒。如果真是因為那樣，她還可以忍受；假如他窩在沙發上是情非得已，那她就該給他弄吃的，甚至一匙匙的餵著他吃——搞不好這還有幾分浪漫的感覺呢。但是她丈夫，明明是個年輕力壯的大男人，卻賴在那張沙發上不肯下來，除了上廁所和早晚一次開關電視之外，這可就是兩碼事了。這令她感到十分羞恥；不過這個想法她沒跟任何人說。對那位有個叔叔在床上躺了二十三年的朋友，她也不說——那個叔叔，就珊蒂所知，現在仍舊躺著。

有一天將近黃昏，她下班回家，把車停好，走進屋子，才走到廚房門口，就能聽見客廳的電視聲音。咖啡壺溫在爐子上，爐火調得很小。她握著包包站在廚房的這個位置，可以看見客廳，看見沙發背和電視螢幕。螢幕上人影晃動。她丈夫的光腳丫杵在沙發的一端。另一端，一只枕頭壓在沙發扶手上，她看得見他的頭頂。他毫無動靜，也許睡著了，也許沒有；也許聽見她進來，也許沒有。反正，她覺得也沒差。她把包包放在桌上，走向冰箱準備拿些優格吃。她一打開冰箱門，迎面一股悶了很久的熱氣衝上來。那裡面的混亂簡直令她不敢相信。融化了的冰淇淋從冷凍櫃流到下層吃剩的魚骨頭和涼拌捲心菜裡——甚至連西班牙燉飯的碗裡也有——一路流到冰箱底層積成了一個水潭。冰淇淋流得到處都是。她打開冷凍櫃的門。一陣可怕的臭味直噴出來，熏得她很想吐。冰淇淋掩蓋了整個底盤，跟放在底下的一包三磅重漢堡肉混在一起。她拿手指戳戳包肉的玻璃紙，手指立刻陷了進去。豬排肉也化了。所有的東西都化了，包括一些冷凍魚柳，一整包薄片牛排，兩套「賽米廚房」的中式餐盒。熱狗和自己做的義大利麵醬也化了。她關上冷凍櫃的門，從冷藏室取出她要喝的優格。她打開蓋子，聞了聞。就在這時候她開始對她丈夫暴吼。

「什麼？」他坐起來，從沙發背上張望。「嘿，怎麼了？」他搔了幾下頭髮。她看不出他到底是睡著還是醒著。

「該死的冰箱停電啦，」珊蒂說。「什麼怎麼了。」

她丈夫下了沙發，調低了電視的音量，最後乾脆關了電視，走到廚房裡來。「讓我來看看，」他說。「不會吧。」

「你自己看嘛，」她說。「所有的東西都壞掉了。」

她丈夫查看著冰箱，臉上表情凝重。他往冷凍櫃裡東戳戳西摸摸，檢查著裡面的情況。

「說吧，還要我怎樣，」他說。

她腦子裡忽然冒出一大堆想說的話，結果卻一句也沒說。

「真他媽的，」他說，「屋漏還偏逢連夜雨呢。嘿，這個冰箱才用不到十年啊。我們買來的時候，還等於是全新的。我爸媽買的冰箱用了二十五年，我弟結婚的時候他們把那台冰箱送給他，到現在都還好好的。這到底怎麼回事啊？」他轉過去查看冰箱和牆壁中間的空隙。「我真搞不懂，」他搖著頭說。「插頭也沒掉。」然後他把住冰箱，前後搖了搖。他用肩膀頂住它，又推又拉的把這大東西朝廚房裡挪了幾吋。冰箱裡有什麼東西從架子上掉下來碎了。「去他的，」他說。

珊蒂發現自己還握著那盒優格。她走到垃圾桶前面，掀開蓋子，把紙盒扔了進去。「今晚我得把所有東西都煮了，」她說。她已經看見自己在爐子上煎肉，在鍋子裡和烤箱裡煮東西烤東西。「我們得換台新的冰箱，」她說。

他一語不發。他再檢查一次冷凍櫃，腦袋前後左右的轉著。

她轉到他前面，動手把架子上的東西拿下來放在餐桌上。他也一起來幫忙。他先把肉從冷凍櫃取出來擺在桌上，再把冷凍櫃裡其他的一些東西取出來分別排放在桌上。把東西全部取出來之後，他找了些紙巾和抹布開始擦拭冰箱的內部。

「冷媒沒有了，」他停下來說。「就是這個問題。我聞得出來，冷媒都漏光了。一定哪裡出了毛病，冷媒才會漏掉。嘿，之前我看過人家的冰箱也有過這種情形。」他終於平靜下來，又開始擦拭了。「就是冷媒的問題。」

她停下手邊的工作，看著他。「我們必須買一台新的冰箱，」她說。

「說得好。嘿，我們去哪兒買啊？冰箱又不是長在樹上。」

「我們非買不可，」她說。「難道說我們不需要冰箱嗎？也許真的不需要。也許我們可以像那些廉價公寓裡的住戶一樣，把容易壞的食物都擱到窗台上。要不，我們可以買一只保麗龍的小保溫箱，每天買些冰塊來放。」她把一球生菜和一些番茄放在桌上，和幾包肉排放在一起，然後往餐椅上一坐，兩手摀著臉。

「我們再買一台冰箱，」她丈夫說。「當然要買。我們需要冰箱，對吧？沒冰箱當然不行。問題是，上哪兒找去，我們能支付多少錢？分類廣告欄裡舊冰箱多的是。等一下，我們來看看報紙吧。哎，我現在可是分類廣告欄的行家了，」他說。

她把捣在臉上的手放了下來，看著他。

「珊蒂，我們一定可以從報紙上找到一台價廉物美的冰箱，」他繼續說道。「絕大多數的冰箱都能用上一輩子。我們這一台，簡直莫名其妙，真不知道是怎麼回事。冰箱這麼容易壞掉，我這輩子總共見過兩次。」他的視線又轉向那台冰箱。「什麼狗屎運啊，」他說。

「把報紙拿過來，」她說。「一起來找找看吧。」

「安啦，」他說。他走向茶几，在報紙堆裡翻找一會，拿了分類廣告版回到廚房。她把桌上的東西推向一邊，讓他把報紙攤開來。他坐上一張椅子。

她看看報紙，再看看那些解了凍的食物。「今天晚上我得把豬排全部炸好，」她說。「這些漢堡肉也要處理。還有那些薄片牛排和魚柳。別忘了，另外還有那兩盒電視餐呢。」

「這該死的冷媒，」他說。「隨便一聞都聞得出來。」

兩個人開始查看分類廣告。他的手指一欄一欄的滑過那些廣告，很快的跳過了「人事欄」的部分。她看見有幾個職位旁邊打了勾，但她沒有細看他做記號的是些什麼單位。那不重要。有一欄標題寫著「戶外露營用品」。最後，他們終於找到了——新舊用具。

「有了，」她說，把手指按在報紙上。

他移開她的手指。「讓我看看，」他說。

她又把手指按回原來的位置。「冰箱，煤氣爐，洗衣機，烘乾機，等等，」她唸著框起來的廣告詞。「『大拍賣』。這是什麼東西？大拍賣。」她繼續往下唸。「新舊用具及其他，每週四晚上，七點開始。就是今天耶，今天就是星期四，」她說。「大拍賣就在今天晚上。這地方不算很遠，就在松樹街上。我開車經過那兒少說也有一百次了。你也一樣啊。你知道那裡的，就在31冰淇淋店附近。」

她丈夫不說話。他盯著那個廣告，一隻手抬起來，用兩根手指扯著下嘴唇，說道：「拍賣場。」

她筆直的盯著他。「我們去吧。你覺得呢？出去走走對你有益，說不定還能找到一個合適的冰箱。一舉兩得，」她說。

「我這輩子從來沒去過拍賣場，」他說。「我看我還是別去吧。」

「去啦，」珊蒂說。「你是怎麼搞的？那很好玩的。我多少年沒去了，小時候都跟我爸爸一起去。」她忽然非常非常的想去看看這個大拍賣。

「妳爸爸，」他說。

「是啊，我爸爸。」她看著丈夫，等著他的下文，隨便他說什麼都行。但他什麼也不說了。

「大拍賣很好玩的，」她說。

「應該是的，不過我不想去。」

「我還想要一盞床頭燈，」她繼續說她的。「那裡一定會有床頭燈。」

「嘿，我們要的東西可多了，可是我現在失業中，記得吧？」

「我一定要去，」她說。「不管你去不去。想去就跟我走，我都無所謂。要聽我說實話，你愛去不去，反正我就是要去。」

「我跟妳去。誰說我不願意去了？」他看了她一眼便轉開視線。他拿起報紙再看一遍那段廣告。「我對大拍賣一竅不通。不過，凡事總有第一次嘛。有誰說過我們一定要在大拍賣裡買台冰箱的事？」

「沒有誰，」她說。「不過我們可以試試。」

「有道理，」他說。

「太好了，」她說。「不過你要出自真心誠意的才行。」

他點頭。

她說，「我該趕緊做飯了。先把這些不像話的豬排煮了來吃，其餘的東西還可以等會兒，等去完了大拍賣回來再處理。不過我們動作得快一點，報上說七點開始。」

「七點，」他說。他離開餐桌走進客廳，向落地窗外望了一會兒。外面一輛車子駛過。他把手指按到嘴唇上。她看著他坐上沙發拿起那本書，把書翻到原來看的地方。忽然他又把書放下了，整個人躺了下來。她看見他的腦袋落到沙發扶手邊的那個枕頭上。他調整一下枕頭的位置，兩手擱在後腦勺，然後一動也不動的躺著。沒多久，她就看見他兩條臂膀往身旁垂了下來。

她摺起報紙。從椅子上站起來靜靜的走向客廳，她橫過沙發背望著他。他閉著眼，胸口輕微的一起一伏。她走回廚房，把煎鍋放在爐子上。她打開爐火，往鍋子裡倒了些油，開始煎豬排。從前她常跟爸爸去拍賣場，那些拍賣場裡多半都在賣牲口。她依稀記得爸爸不是去賣小牛，就是買小牛。有時候拍賣場裡也有農具和一般的家庭用品，只是絕大部分還是在賣牲口。後來，爸媽離婚了，她跟著媽媽住，爸爸常寫信來說很懷念帶她去拍賣場的日子。他寫給她的最後一封信是在她長大成人，和丈夫一起生活之後，他信上說，他在這一次的大拍賣裡花兩百塊錢買了一輛好得不得了的車子。假如她當時在那兒，他說，他也會買一輛給她。三個星期後，有天半夜裡，來了一通電話通知她說他死了。他買的那輛車底座漏氣，坐在方向盤後面的他讓漏出來的一氧化碳給毒死了。他住鄉下。車子馬達一直在跑，一直跑到油箱整個空掉為止。他就這樣待在車子裡，過了好幾天才被人發現。

煎鍋開始冒煙。她再倒些油進去，打開抽油煙機。她已經有二十年沒去過大拍賣，今天晚上終於可以去了。不過首先她得把這些豬排煎好。冰箱壞掉確實倒楣，可是她反倒有了期待，她對這個大拍賣充滿了期待。她懷念起她爸爸，甚至也懷念起媽媽，雖然在她遇到自己的丈夫，離開家自立門戶之前，他們兩老一天到晚都在吵架。她站在爐子前面，翻動著鍋子裡的肉，想念著兩位老人家。

她戴上隔熱護套，把鍋子從爐火上移開，心裡仍舊想著他們。上升的煙氣都往爐子上方的排氣孔排了出去。她拿著鍋子走到門口，朝客廳裡看。煎鍋還在冒煙，油花不斷從鍋子邊上跳出來。昏暗的客廳裡，只隱約看得見她丈夫的腦袋和他的光腳丫。「快起來吧，」她說。「吃飯了。」

「喔好，」他說。

她看見他的腦袋從沙發一頭撐了起來。她把煎鍋放回爐子上，轉身走向碗櫃。她取出幾個餐盤擱在流理台上，然後拿鍋鏟鏟起一片豬排，放到一只餐盤上。那塊肉已經不像肉了，倒像是一小塊老掉牙的肩胛骨，又像是某種掘東西的工具。但是她知道那確實是豬排，她從鍋子裡鏟起另一塊，也把它放到一只餐盤上。

過一會兒，她丈夫走進廚房。他又朝冰箱看了一眼，冰箱敞著門站在那兒。接著他的視線落到那兩塊豬排上。他的嘴巴張得好大，可是沒說話。她在等他說話，隨便說什麼都行，但他什麼也沒說。她把鹽和胡椒放上桌，叫他坐下。

「坐下，」她說著，把那個盛著豬排的餐盤遞給他。「就吃這個，」她說。他接過盤子，但只是站著看著它。她轉過身去拿自己的那一盤肉。

珊蒂清開了報紙，把桌上的食品推到桌子的另一邊。「坐下，」她對著她丈夫再說一次。他把餐盤從這隻手挪到那隻手，仍舊站著。就在這時候她瞧見桌上積了好幾攤水。她不但看見，而且還聽見水聲。水滴滴答答的從桌上滴到底下的油布地氈上。

她往下看，看見丈夫的光腳丫。她盯著水潭邊上的那雙腳丫子。她知道這輩子大概再也不會看見像這麼不尋常的景象了，只是一時間她還理不出什麼頭緒。她想她現在應該塗口紅，拿外套，準備去拍賣場了，但是她的眼睛就是離不開她丈夫的那雙腳。她把餐盤放在桌上，繼續看著那雙腳，一直看到它們離開廚房走回客廳為止。

4 包廂

邁爾斯坐火車的頭等包廂橫越法國，去探望在史特拉斯堡讀大學的兒子。他已經八年沒見過這孩子了。這麼長的時間裡，他們之間沒通過一個電話，甚至連張明信片都沒寫過，邁爾斯和孩子的媽分手各走各的——孩子跟著她過——而邁爾斯始終相信，加速他們夫妻關係決裂的主因，就是因為這孩子惡意的介入。

邁爾斯最後見到他兒子的那次，當時家裡正在激烈的爭吵，這孩子攻擊他。邁爾斯的太太站在餐具櫃邊上，把瓷碟一個接一個地往餐廳的地板上砸。砸完了碟子，換成杯子。「夠了，」邁爾斯說，就在那瞬間，兒子衝了上來。邁爾斯往邊上一閃，順勢把他的腦袋緊緊的夾在胳肢窩底下，兒子一面哭一面用力的捶打邁爾斯的腰和背。邁爾斯制住了他，甚至還不肯善罷干休。他把兒子狠狠的推到牆上，威脅要殺了他。他是來真的。「你這條命是我給的，」邁爾斯還記得自己在咆哮，「我一樣可以把它收回來！」

想著當時那可怕的場景，邁爾斯甩甩頭，彷彿那是發生在別人身上的事。事實也確實如此。現在，他已經不再是當年的那個人了。他現在一個人獨居，除了工作以外，不跟任何人打交道。晚上，他聽古典樂，看一些如何誘捕水鳥的書。

他點上一根菸，繼續望著車窗外，沒去理會坐在靠門邊座位上的那個男人，那人拿帽子遮著眼睛一直在睡覺。時間是清晨，霧氣瀰漫在窗外掠過的綠野上。邁爾斯不時會看見一些農舍和庫房，所有的建築物都有一道圍牆圍著。他想這應該是一種很不錯的生活方式——生活在一棟有圍牆圍著的老屋裡。

六點剛過。從昨晚十一點在米蘭上車之後，邁爾斯就沒有睡過了。火車離開米蘭後，他很慶幸包廂裡就他一個人。他開著燈看旅遊導覽，看到了好多應該在出發前先做一番了解的東西。他發現有太多應該去看去遊覽的地方。在某種程度上，他對於自己的後知後覺感到有些懊惱，這份感覺就出現在他逐漸遠離義大利的時候，因為毫無疑問的，這是他的第一次，也是最後一次的觀光旅遊了。

他把旅遊導覽收進手提箱裡，把箱子放到頭頂上的行李架上，再把外套脫下來當毯子蓋。他關了燈闔眼坐在暗濛濛的包廂裡，等待睡意來臨。

似乎過了很久很久，就在他以為自己快要睡著的時候，火車慢了下來。最後停在巴塞爾市③外的一個小站。一個穿黑西裝、戴帽子的中年男子進了包廂。那人對著邁爾斯說了幾句他聽不懂的語言，便把一只大皮袋放到行李架上。那人往包廂的另一邊坐下來，挺了挺肩膀，然後拉下帽子遮住眼睛。這時候火車開動了，那人睡得很熟，發出輕微的鼾聲。邁爾斯好羨慕他。過了幾分鐘，一個瑞士官員打開包廂門，開了燈。那名官員用英語，和另外一種語言——是德語吧，邁爾斯猜想——要求看他們的護照。跟邁爾斯同車廂的男人把帽子往後推，眨著眼睛，掏著大衣口袋。那官員仔細審查護照，再仔細打量那人，才把護照歸還給他。邁爾斯也交出自己的護照。那官員翻翻資料，檢視一下照片，再看了看邁爾斯，點個頭，就把護照還給了他。坐在邁爾斯對面的那個人又把帽子拉下來遮住眼睛，兩條腿打直，看上去好像立刻又睡著了，這令邁爾斯再一次羨慕不已。

從那以後他就一直醒著，心裡想著待會兒跟兒子見面的情形，現在離會面的時間只剩下幾個小時了。在車站見到孩子的時候他該怎麼表現？是不是應該抱抱他？光是想像到這個畫面，就令他全身不舒服。或者，就當這八年從來沒發生過似的，簡單伸出手，笑一笑，然後拍拍孩子的肩膀？也許孩子會客套幾句，「很高興見到你」、「路上還好嗎」，那他也就隨便應付應付，只說個幾句。但他還真不知道自己該說些什麼。

一名法國查票員走過包廂。他朝邁爾斯和在他對面座位睡覺的那人瞧了一眼。這名查票員早已來剪過票了，所以邁爾斯扭過頭，繼續望著窗外。車窗外房子增多了，但圍牆沒有了，而且那些房子變得比較小比較密集。邁爾斯立刻明白，他看到的是一個法國的村莊。晨霧漸漸消散。火車鳴著汽笛，飛快的駛過一個路口，路邊的柵欄已經放了下來。他瞧見一個挽起頭髮穿著毛衣的年輕女子，扶著單車站在那裡看著列車經過。

你母親還好嗎？出了車站之後，他可能會對孩子說。有你母親的消息嗎？就在這一瞬間，邁爾斯忽然覺得她可能已經死了。再一想又覺得不可能，否則他應該會有所耳聞——無論如何，總會有些耳聞才對。他知道如果繼續再讓自己這麼想下去，他的心真的要碎了。他扣起襯衫領口的釦子，整整領帶，然後把大衣放在身旁的空位上。接著，他綁好鞋帶，站起來，跨過那個男人的腿——那人還在睡。他走出了包廂。

在車廂走道上，邁爾斯必須一手扒著車窗才能穩住腳步走向車尾。他關上小廁所的門，鎖好，然後打開水龍頭用水潑了潑臉。火車轉到一個彎道，完全沒有減速，邁爾斯只得撐著水槽保持平衡。

③ Basel，瑞士第三大城市。

孩子的來信是幾個月前收到的。信很短。他寫著過去一年他都住在法國，在史特拉斯堡一所大學唸書。至於他為什麼要去法國，在去法國之前的那些年他都在做什麼，隻字未提。信中也不提孩子的母親——音信全無，這也很正常，邁爾斯認為。可是，令他不解的是，孩子用了一個「愛」字作為結尾，邁爾斯為此考慮良久。最後，他寫了回信——經過一番深思，邁爾斯寫說，長久以來他一直想做一次小小的歐洲之旅，問孩子願不願意在史特拉斯堡的車站跟他碰個面？他還在末尾簽上「愛你的，爸爸」。當他收到孩子的回音之後，便開始安排行程。這時候，他才驚覺這次出遠門的事，除了通知他的祕書和幾個業務上的夥伴之外，再沒有其他人需要報備。他在這家工程公司裡已經累積了六個星期的假期，他決定在這趟行程裡把它一次用完。即便他現在並不想把全部的時間都耗在歐洲，但對於自己做出的決定還是很高興。

他首先去了羅馬。一個人在大街小巷轉了幾個小時之後，他開始後悔自己沒有跟團。他很孤單寂寞。他去了威尼斯，一個他跟他太太過去經常談到的觀光景點。結果威尼斯令他相當失望。他看見一個獨臂男在吃炸魷魚，看見到處都是髒兮兮、帶著污水痕跡的建築物。他坐火車到米蘭，住進一家四星級的飯店，整晚對著新力彩色電視看足球賽，看到收播為止。第二天早上，他一起床就在市區裡晃蕩，一直晃到進火車站的時間。他早就計畫好了，要把史特拉斯堡的短暫停留作為這趟旅遊的最高潮。停留一兩天，或甚至三天之後——這要視情況而定——他再去巴黎，然後搭飛機回家。對於旅途中老是要跟陌生人打交道令他十分厭煩，只有回家最快樂。

有人在試探廁所的門。邁爾斯塞好襯衫，繫好腰帶。他開了門，隨著火車的擺動，顛顛晃晃的走回原來的包廂。一打開包廂門，他立刻發現大衣被誰動過了。大衣換了位置，不在他離開時候擺的那個座位上。他覺得自己忽然進入了一種看似荒謬卻嚴重不對勁的狀況。他拿起大衣，心跳加速。他把手伸進內袋，掏出他的護照——以往他習慣把皮夾放在後褲袋裡——所以皮夾和護照都還在。他摸大衣裡其他的口袋。唯一不見的是他給孩子買的禮物——在羅馬一間店裡買的一只很昂貴的日本腕錶。他特別慎重的把手錶塞在大衣的內袋裡面，現在手錶沒了。

「對不起，」他衝著那個撐著腿，攤在椅子上、帽子遮眼的男人說。「對不起。」那人把帽子往後推推，睜開眼。他坐直了身子，看著邁爾斯。他兩隻眼睛很大，有可能一直在作夢，也可能不是。

邁爾斯說，「你有看見誰進來過嗎？」

很明顯，那人根本不知道邁爾斯在說什麼。他繼續用那種邁爾斯認為完全茫然的眼神盯著他看。但也許有別的含義，邁爾斯又認為。也許這個眼神裡掩飾著狡詐和欺騙。邁爾斯搖著大衣吸引那人的注意，接著他把手伸進大衣口袋一陣翻動。他再蹭起襯衫袖子，向那人展示自己的手錶。那人看看邁爾斯，再看看邁爾斯的手錶，一副大惑不解的神情。邁爾斯拍拍自己的錶面，再把另隻手探回大衣口袋，比出一個在搜尋什麼的手勢。邁爾斯再一次指著手錶，搖擺手指，希望能比畫出手錶飛出門外不見了的意思。

那人聳聳肩膀搖搖頭。

「可惡，」邁爾斯氣餒的說。他穿上大衣，往外走，來到走道。這個包廂他連一分鐘都待不住了。他怕自己會揍那個人。他在走道上前看後看，好像指望隨時能夠揪出那個小偷似的。其實四周一個人也沒有。也許跟他同包廂的人真的沒有偷他的錶。也許是別人，是試探著敲廁所門的那個人走過包廂，瞥見了那件大衣和熟睡著的男人，就直接打開門，搜刮大衣口袋之後，再關上門揚長而去。

邁爾斯慢慢走到車尾，沿路窺看其他的包廂。這節頭等車廂人不多，大家都把頭靠在座位上。其中一個包廂，有個年齡跟他相仿的男人傍著車窗望著外面的鄉野。邁爾斯停下來朝窗子裡看，那人回過頭來兇狠的瞪他。

邁爾斯走進二等車廂。這一節的包廂很擠——甚至一個包廂裡就擠了五六個人，這些人，他一眼就看得出來，都顯得比較窘迫。很多人醒著沒睡——大概是不舒服到無法入睡吧——他走過時這些人盯著他看。都是外國人，他心想著。很明顯，如果偷他錶的不是同包廂的那人，那小偷肯定是在這些包廂裡頭了。可是他能怎麼辦呢？沒指望了。手錶已經沒了，這會兒已經在別人的口袋裡了。他也沒辦法讓那個隨車員了解事情的來龍去脈。就算說清楚了，又能怎樣？他只好回去自己的包廂。他朝裡面看，瞧見那人又在那兒撐著腿，帽子遮住眼睛。

邁爾斯跨過那人的腿，坐上原來靠窗的位子。他氣得頭昏眼花。現在火車到了市郊。農地和牧場漸漸換成了工業的廠房，這些建築物的正面都寫著他不會拼音的名字。車速慢了下來。邁爾斯可以看見市區街道上的車輛，有些車子在平交道口排隊等候列車通過。他起身取下手提箱，擱在腿上。他透過車窗望著這個可憎的城市。

他忽然覺得自己很不想見這孩子。這份認知令他大感震驚，一時間幾乎被這個自私又低劣的想法給打敗了。他甩甩頭。他這一生都在做蠢事，而這一趟的行程更可能是蠢事之最。老實說，他真的毫無見這孩子的欲望，因為孩子的那些行為早就悖離了邁爾斯的關愛。剎那間，他清楚的憶起孩子攻擊他時的那張臉，痛苦的感覺一波波的侵襲著邁爾斯。這孩子吞噬了邁爾斯的青春，把好好一個他娶過來的年輕女孩變成了神經兮兮、酗酒的女人，變成了令孩子由憐生恨甚至霸凌的女人。為什麼，邁爾斯問自己，他幹嘛大老遠的跑來見一個他不喜歡的人。他不想握孩子的手，那是敵人的手，他也不願意拍著他的肩膀跟他閒話家常。他更不想問起他那個母親的近況。

火車進站的時候他身子向前傾。擴音器裡傳出法文的廣播。坐在邁爾斯對面的那人有了動靜。他調整好帽子，坐直了身子。擴音器裡又說了一串法文，邁爾斯一個字也聽不懂。火車慢慢、慢慢的停住了，他的火氣更旺。他決定不離開包廂，他要繼續坐著，坐到火車開動。火車一開，他就跟著火車前往巴黎，就這麼辦。他小心謹慎地望著窗外，唯恐在窗玻璃上看見這孩子的臉。萬一真看到了，他也不知道該怎麼辦。他恐怕會對他揮拳。他看見月台上有一些穿戴著大衣圍巾的人站在各自的手提箱旁邊，等候上車。另外有幾個人也在等候，沒帶行李，手插在口袋裡，顯然是在等著接人。他的兒子不在其中，不過，當然，這並不表示他沒來。邁爾斯把手提箱從他腿上移到地上，一點一點的把它推到座位底下。

坐他對面的那人打著呵欠，看了看窗外。這時他才把視線落到邁爾斯身上。他摘下帽子，用手理了理頭髮，再把帽子戴上。他站起來，從行李架取下那只皮袋。他打開包廂門，臨出門之前，他轉身朝著車站的方向比個手勢。

「史特拉斯堡，」那人說。

邁爾斯轉頭不理。

那人稍稍等了一會兒便走了，提著那只袋子——還有那只腕錶——邁爾斯可以肯定。不過現在他已經不大在乎了。他再一次望著車窗外，看見一個兜著圍裙的男人站在車站門口，抽著菸。那男人在看著兩個列車長正在向一個穿長裙、懷裡抱著嬰兒的女人解釋什麼。穿長裙的女人邊聽邊點頭，不時的換著手抱那嬰兒。兩個男人繼續的說，她認真的聽，其中一個男的逗著嬰兒的下巴，女人低頭邊看邊笑。她再換個手抱著嬰兒，繼續認真的聽他們說。邁爾斯看見離火車稍遠的月台上有一對年輕伴侶在擁抱。接著那男的放開了那女的，說了幾句話，便拎起旅行袋，上火車了。年輕女子目送他走。她的手舉到臉上，這隻眼那隻眼的不停擦拭。過了一會，邁爾斯看見她離開了月台，兩隻眼睛仍舊盯著那車廂，彷彿是在跟蹤某個人。他把視線從那女子的身上移開，望向候車室裡的大鐘。他上上下下的看著月台，始終不見兒子的蹤影。有可能睡過頭了，也有可能跟他一樣，臨時改變了主意。不管哪種可能，總之邁爾斯覺得鬆了一口氣。他又對大鐘看了一眼，忽然看見那年輕女子朝著他坐的窗口奔過來。邁爾斯整個人往後縮，就好像她要過來砸這扇車窗似的。

包廂的門打開了。剛才他瞧見的那個年輕人走進來帶上門，說了聲「Bonjour④。」不等他回答，他就把旅行袋送到頭頂的行李架上，一步趕到窗前。「Pardonnez-moi⑤，」他一把拉下窗子。「瑪莉，」他說。年輕女子開始又笑又哭起來。年輕人執起她的手，親吻她的手指。

邁爾斯別開視線，咬著牙齒。他聽見列車長最後一次呼叫。有人吹響哨子。火車隨即開動，緩緩駛離了月台。年輕人不得不放開女子的手，火車向前滾動，他不停的向她揮手。

火車只走了一小段路，才到達站外的露天空地上，邁爾斯覺得它忽然停住了。年輕人關上車窗，坐到靠門口的位置。他從大衣裡拿出一份報紙來看。邁爾斯站起來打開門，走到走廊盡頭，兩個車廂連接的地方。他不明白為什麼煞車。也許哪裡出了問題。他走近窗口，可是只能看到那些繁複的車軌系統，有的車廂拆卸下來，有的又掛到另外的列車上。他離開窗口，隔壁一節車廂的門上有塊牌子，POUSSEZ⑥。邁爾斯用拳頭敲一下那塊牌子，門滑開了。他再度進入了那一節二等車廂。他走過一排包廂，裡面睡滿了人，一副準備長途旅行的樣子。他必須找個人問清楚這班車要開往哪裡去。在買票的時候，他知道這班列車到達史特拉斯堡之後會繼續駛往巴黎。但他覺得隨便把頭伸進一個包廂說，「巴黎嗎？」或者用其他的說法，不管怎麼問，都挺丟臉的，都好像是在探聽人家的目的地。他聽見好大的匡啷一聲，火車稍微倒退了一些。他又看見了原來的車站，他又想起了他的兒子。也許他還站在那裡，因為趕路的關係還在喘，一面在心急他父親到底怎麼了。邁爾斯甩甩頭。

他站著的這節車廂底下不斷吱吱嘎嘎的叫著，忽然好像勾住了一樣東西，重重的碰在一起。邁爾斯看著車窗外迷宮似的車軌，發現火車又開始移動了。他轉身趕快穿過走廊，走回自己的車廂。帶著報紙的年輕人不見了。邁爾斯的手提箱也不見了。這根本不是他的包廂啊。一陣錯愕，他明白了，火車停在廣場上的時候，他這節車廂八成被拆卸開了，掛上了另一節二等車廂。他面對的這個包廂幾乎塞滿了皮膚黝黑、個子矮小的男人，他們嘰哩呱啦的說著一種他完全沒聽過的語言。其中一個招呼他進來。邁爾斯進入了包廂，這些人挪出一點空位給他。包廂裡的氣氛很歡樂。招呼他進來的那人笑呵呵的拍拍旁邊的空位。邁爾斯背向著車頭坐了下來。窗外掠過的鄉野愈走愈快。在這瞬間，

④ 法文的「你好」。
⑤ 法文的「對不起」。
⑥ 法文的「推」。

邁爾斯覺得風景都在迅速的離他遠去。他正在前往某個地方，他知道。而那地方究竟是對是錯，遲早他會明白的。

他靠著座位，閉起眼睛。那些人繼續不斷的說著笑著，他們的聲音彷彿從很遠很遠的地方傳過來。不久這些聲音變成了火車行駛的一部分——漸漸的，邁爾斯覺得自己被一前一後的帶動著，沉沉睡去。

5 一件很小、很美的事

星期六下午她開車到購物中心的麵包店。在看過貼在活頁紙上的蛋糕圖片之後，她訂了巧克力口味，這是孩子的最愛。她選的蛋糕上裝飾著一艘太空船，發射台上空撒著白色的小星星，另外一頭是一顆用紅色糖衣做的星球。他的名字，史考帝，要用綠色的字體寫在這顆星球底下。那個脖子很粗、有點年紀的麵包師傅不發一語的聽她說話，她告訴他小孩子下週一滿八歲。麵包師傅穿著類似工作服的白圍裙。圍裙的帶子從胳臂底下繞到背後再回到前面，牢靠的綁在厚實的腰圍底下。他用心聽著，兩手擦著圍裙，眼睛看著那些照片，由著她講。他不催促她。他才剛到班，這一整晚他都會在這兒，烘麵包烤麵包，他一點也不急。

她告訴麵包師傅她的名字，安妮．魏斯，還有電話號碼。蛋糕會在星期一早上出爐，那天下午孩子的生日派對絕對趕得及，時間很充裕。麵包師傅不苟言笑。他們兩人之間沒有一點歡樂的互動，只有幾句最基本的對話，交換一些必要的資料。他讓她覺得很不自在，她不喜歡這樣。他在櫃台上拿起筆彎下腰的時候，她打量著他粗俗的面貌，心裡狐疑著，不知道他這一生除了當麵包師傅以外還有沒有做過別的事。她是一個母親，三十三歲，在她眼裡的每個人，尤其像這個麵包師傅的年紀——一個老到足以做她爸爸的男人——肯定都會有兒女，也肯定經歷過這一段有著蛋糕和生日派對的特別日子。他們之間應該會有這些共通的地方才對，她想著。他對她太「硬」了——不是沒禮貌，而是生硬。她不想再跟他攀什麼交情。她朝著麵包店裡面張望，望見一張厚重的木頭長桌，桌子一頭堆著鋁製的派餅鍋，旁邊一個金屬容器裡裝滿了空的框架。還有一只大到驚人的烤箱。收音機裡播放著西部鄉村樂曲。

麵包師傅在訂貨卡上填好資料闔上活頁簿，看著她說，「星期一上午。」她道謝之後，就開車回家了。

星期一上午，這位生日男孩跟另外一個小男孩一起走路上學。兩個人把一包薯條傳來傳去的吃著，生日男孩想要知道今天下午他的朋友會送他什麼樣的生日禮物。生日男孩沒注意看路，在十字路口，一腳剛跨出路邊，立刻被一輛車子撞到了。他側身摔倒，腦袋歪向水溝，兩腿伸在路而。他的眼睛閉著，兩條腿卻前前後後的動著，好像要爬上什麼東西似的。他的朋友扔了薯條開始大哭。那車往前開了一百多呎在路中央停住。駕駛座上的人轉過頭往後看。他等到男孩東倒西歪的站起來。男孩有些站不穩，一副暈頭轉向的樣子，好在沒什麼大礙。那名駕駛發動引擎開走了。

生日男孩沒有哭，也沒說話。他朋友問他被車撞的感覺，他也不回答。他往家裡走，他的朋友繼續往學校走。生日男孩一到家，就把這事告訴了媽媽——她陪他坐在沙發上，握住他的手擱在她腿上，嘴裡說著，「史考帝，你真的覺得還好嗎，寶貝？」心裡想著無論如何要撥個電話給醫生的時候——他忽然倒在沙發上，閉起眼睛，整個人癱軟了。她發現怎麼叫都叫不醒他，趕緊打電話找正在上班的丈夫。霍華要她保持冷靜，千萬保持冷靜，他為孩子叫了救護車，自己也立刻趕去醫院。

當然，生日派對取消了。孩子住進了醫院，輕微腦震盪加上休克。有嘔吐的情形，而且肺部積水，當天下午就得抽除。現在他似乎睡得很沉很沉——但並不是昏迷，法蘭西斯醫生看見這對父母驚恐的眼神，特別強調，絕對不是昏迷。當晚十一點，孩子在經過一連串X光檢查和各種檢驗之後，顯得安穩多了，等他清醒過來恢復知覺頂多是時間早晚的問題，霍華便離開了醫院。那個下午，他和安妮一直待在醫院陪著孩子，他想回家沖個澡換套衣服。「我一個鐘頭就回來，」他說。她點點頭。「沒關係，」她說。「這裡有我。」他親親她的額頭，兩個人拉了拉手。她坐在病床邊的椅子上看著孩子。她要等他清醒，等他好轉，她才能放下心。

霍華從醫院開車回家。他在潮濕黑暗的街道上開得飛快，忽然驚覺不對，慢慢減低了速度。到現在為止，他的人生一直走得很順很快意——大學，完婚，再多讀一年大學，取得了高階的商管學位，成為一家投資公司的小股東。還當了父親。他很幸福，應該說，很幸運——這一點他很清楚。他的父母健在，他的兄弟姐妹都過得不錯，他大學裡的那些朋友在業界也都有各自的地位。到目前為止，他沒有經過太大的風浪，順利的避開了那些存在著的惡質力量——如果運氣不好，如果情勢忽然轉變，就會碰上它，把人整個拖垮。他轉上車道，停下車，覺得左腿在抖。他在車上坐了一會兒，努力叫自己用理智的態度面對眼前的狀況。史考帝被車撞了，住進了醫院，不過他不會有事，他會好起來的。霍華閉起眼睛，用手抹了把臉。他下車走向前門。屋裡的狗在吠，電話響個不停，他開了門鎖，摸索著電燈開關。他不應該離開醫院的，不應該。「糟糕！」他說。他抓起電話說，「我剛進門！」

「這裡有個蛋糕還沒來提走，」電話那一頭的聲音說。

「你在說什麼？」霍華問。

「一個蛋糕，」那聲音說，「一個十六塊錢的蛋糕。」

霍華把話筒緊貼著耳朵，完全不清楚是怎麼回事。「我不知道什麼蛋糕，」他說。「天哪，你在說些什麼啊？」

「別跟我玩這套啊，」那聲音說。

霍華掛斷電話，走進廚房給自己倒了杯威士忌。他撥電話到醫院。孩子的情況還是照舊；還是在睡，沒有任何變化。浴缸裡放了水，霍華在臉上塗抹泡沫刮鬍子。他剛剛躺進浴缸，閉上眼，電話又響了。他吃力的爬出來，抓了條毛巾，急急忙忙衝過房間，一路的說，「笨哪，真是笨哪，」他恨自己幹嘛離開醫院。他接起電話大嚷，「喂！」電話那頭沒有半點聲音。對方掛斷了。

他回到醫院的時候剛過午夜。安妮仍舊坐在床邊的椅子上。她抬頭看了看霍華，再看回到孩子身上。孩子的眼睛還是閉著，頭上也還是紮著繃帶。他的呼吸平靜均勻。一瓶葡萄糖液吊在病床上方的儀器上，一條管子從瓶子延伸到孩子的手臂。

「他怎麼樣？」霍華問。「這些東西是幹嘛的？」他指指那瓶葡萄糖和管子。

「法蘭西斯醫生交代的，」她說。「他需要補充營養，需要保持體力。他怎麼還不醒過來呢，霍華？我不懂，如果沒事怎麼不醒呢？」

霍華伸手摸著她的後腦勺，手指順著她的頭髮。「他會好的，再過一會兒就會醒的。法蘭西斯醫生很清楚病情的。」

過了半晌，他說，「不如妳先回去休息一下，這兒有我。只是別去理會那個老打電話來的傢伙，馬上掛斷就是了。」

「誰老打電話來？」她問。

「我不知道誰，還不就那些喜歡隨便撥電話的無聊人嘛。妳走吧。」

她搖搖頭。「不了，」她說，「我可以。」

「聽話，」他說。「回去歇一會兒，早上再來跟我換班。不會有事的。法蘭西斯醫生怎麼說的？他說史考帝會好起來的。我們不必擔心。現在他只是在睡覺罷了，不會怎樣。」

一個護士推開門，向他們點個頭走到病床邊。她把孩子的左手從被子底下拿出來，用手指搭著他的手腕，看著手錶，幫他把脈。過一會兒，她把孩子的手臂放回被子底下，再轉到床尾，在掛在那裡的一塊板子上寫了些東西。

「他怎麼樣了？」安妮說。霍華的一隻手按著她的肩膀。她感覺得出他手指的壓力。

「他很穩定，」護士說。接著她又說，「醫生一會兒就會過來。醫生回醫院了，正在查房。」

「我剛才跟她說要她回家去休息，」霍華說。「現在還是等醫生來過了再走吧，」他說。

「她可以回去，沒問題的，」護士說。「如果兩位想回去休息，都沒問題。」護士是一個金髮大個子的斯堪地那維亞女人，說話帶著一絲特別的口音。

「我們先聽聽醫生怎麼說吧，」安妮說。「我想跟醫生談一談。我覺得他不應該老是這麼睡著，這不是好現象。」她一手舉到眼睛上面，頭微微的向前傾。霍華握住她肩膀的力道加重了，他的手慢慢移到她的脖子，手指揉捏著她脖子上的肌肉。

「法蘭西斯醫生過幾分鐘就會來了，」護士說著，離開了病房。

霍華注視著兒子，小小的胸膛在被子底下輕輕的起伏著。從這天下午安妮打電話到他辦公室找他開始，過了那驚嚇爆點的幾分鐘之後，現在是頭一次，他全身上下感受到了真正的恐懼。他拚命搖頭。史考帝沒事，他只是換了個地方睡覺，不在家裡自己的床上，而是睡在醫院的病床，頭上裹著繃帶，手臂插著管子而已。目前他就需要這個救助。

法蘭西斯醫生進來了，他跟霍華握握手，其實兩人在幾小時前已經見過面。安妮從椅子上站起來。「醫生？」

「安妮，」醫生點點頭。「我們先看看他現在情況如何，」醫生說。他走到病床邊，把把孩子的脈搏。翻開孩子的眼皮，看完一隻再看另一隻。霍華和安妮站在醫生旁邊看著。醫生把被子拉開，用聽診器聽過孩子的心和肺。他用手指在孩子的腹部這裡那裡的按著。忙完之後，他走到床尾，查看那份表格，然後望著霍華和安妮。

「醫生，他怎麼樣？」霍華說。「他究竟怎麼回事？」

「他為什麼不醒過來？」安妮說。

醫生是個寬肩膀的俊男，有著一張健康黝黑的臉孔。他穿了三件式的藍色西裝，打著條紋領帶，戴一副象牙白的袖釦。一頭灰髮整齊的往後梳著，看起來就像剛聽完一場音樂會回來的樣子。「他沒事，」醫生說。「沒什麼太大的問題，我覺得，情況應該更好才對。不過他真的沒事。我也希望他能夠醒過來，應該快了吧。」醫生再看一次那孩子。「再過幾個小時，等一些檢驗報告出來之後，我們對病情就會更清楚了。不過他現在真的沒事，相信我，除了頭蓋骨有些細微的裂縫。這點很確定。」

「天哪，」安妮說。

「還有些腦震盪，之前我也說過。當然，你們知道他休克了，」醫生說。「在休克的病例裡有時候就會這樣。嗜睡。」

「他脫離危險了嗎？」霍華說。「之前你說他沒有昏迷。現在你也不認為這叫做昏迷——是嗎，醫生？」霍華等著答案。他注視著醫生。

「對，這不能算是昏迷，」醫生邊說又再看了孩子一遍。「他只是處在一種深度的睡眠當中。這是身體採取自我復元的一種方式。他當然脫離危險了，這點我可以非常肯定。不過等他醒過來，等到那些檢驗報告出來之後，我們就可以掌握得更清楚了，」醫生說。

「這還是昏迷吧，」安妮說，「在某種程度上。」

「還不算，不算是真正的昏迷，」醫生說。「我不認為這叫昏迷，現在還不到這個程度。他休克了。在休克的案例裡面，這種反應很平常；這只是一種身體受到創傷後的暫時性反應。至於昏迷。昏迷是一種深度的、持續性的無意識，這種情況可以持續好幾天，甚至好幾個禮拜。史考帝不屬於那個範圍，就目前來說。我相信他的情況到明天早上一定會有明顯的改善。我敢打包票。等他醒了，狀況就會更清楚，就快了。當然，兩位想要留在醫院或者回家休息，都可以。離開一會兒絕對沒有問題。對兩位來說這真的很難熬，我知道。」醫生再次看著男孩，觀察他，然後轉過頭對著安妮說，「妳盡量放寬心，年輕的小媽媽。相信我，該做的我們都做了。現在就只剩再多等一點時間的問題了。」他向她點個頭，跟霍華再握一次手，離開了病房。

安妮把手放在孩子的額頭上。「還好他沒發燒，」她說。一會兒她又說，「天哪，他怎麼那麼冷。霍華？他應該這樣的嗎？你來摸摸他的頭。」

霍華摸了摸孩子的太陽穴，他的呼吸也變慢了。「應該就是這樣吧，」他說。「他休克了，記得吧？醫生說過的。醫生剛才來過。要是史考帝情況不好，他早就會表示了。」

安妮咬著嘴唇站了一會兒，坐回到椅子上。

霍華坐入她身旁的那張椅子，兩個人對望著。他很想說兩句安慰她的話，可是他自己也在害怕。他握住她的手放在他的腿上，有她的手在他腿上的感覺令他踏實許多。他拿起她的手用力的捏著擠著。兩個人就這樣手握手的坐著，守著孩子，什麼話也不說。他不時的用力捏一下她的手。最後，她把手抽開了。

「我在做禱告，」她說。

他點點頭。

她說，「我以為我已經忘記怎麼禱告，現在全都想起來了。其實只要閉上眼睛說，『上帝，請幫助我們——幫助史考帝。』剩下的就很容易了。說詞都是現成的。或許你也可以試試，」她對他說。

「我禱告過了，」他說。「就在今天下午——是昨天下午，我說的是——就在妳打電話給我之後，我一直在禱告，」他說。

「太好了，」她說。到現在為止，她第一次有兩個人一起攜手共度難關的感覺。她驚訝的發現，在這一刻之前，這件大事似乎只跟她和史考帝有關係。她始終沒有讓霍華參與，雖然他一直在這裡，一直不可少。她很高興，她為自己能夠作為他的妻子而感到高興。

之前的那個護士又進來幫孩子測脈搏，檢查掛在床頭的點滴瓶。

過了一個小時，另外一個醫生進來。他說他的名字叫帕森，從放射科來的。他蓄著落腮鬍，穿著便鞋、牛仔襯衫、牛仔褲。

「我們帶他下樓去照幾張片子，」他對他們說。「我們需要再多照幾張，還要做一次掃描。」

「什麼？」安妮說。「掃描？」她站在醫生和病床的中間。「X光片你們不是都已經照過了？」

「恐怕還需要再照幾張，」他說。「不必擔心。我們只是多照兩張片子，再做一次腦部掃描。」

「我的天哪，」安妮說。

「像這類的病例，這些都是完全正常的程序，」這個新來的醫生說。「我們只是想正確的查出他不醒過來的原因。這是正常的醫療程序，真的一點都不用擔心。過一會兒我們就來帶他下去，」醫生說。

不到一會兒，兩名護工推著輪床進來病房。兩個都是黑頭髮、黑皮膚的男性，穿著白色的制服，他們互相用外國話交談了幾句，接著把孩子手臂上的管子解開，再把他從原來的病床移到輪床上，推出病房。霍華和安妮跟著一起進了電梯。安妮注視著孩子。電梯往下降的時候，她閉起了眼睛。兩名護工各站在輪床的一頭，都不說話，只有一次，其中一個用他們的語言對另外一個說了一句什麼，而另外那個只是用微微的點頭作為答覆。

那天早上稍後，當X光科候診室的窗戶開始出現陽光的時候，他們把孩子推出來了，推回到原來的病房。霍華和安妮又一次跟著他一起搭電梯，又一次站回到原來病床邊的位置。

他們等候了一整天，孩子仍然沒有醒。偶爾一下下，夫妻倆當中的一個會離開病房到樓下咖啡廳喝杯咖啡，然後，像是忽然覺得有罪惡感似的，又趕緊離開餐桌奔回病房。法蘭西斯醫生那天下午又來查看孩子一次，還是告訴他們說他的情況不錯，隨時都有醒來的可能，之後就離開了。一些護士，跟前一晚不同的護士，不斷的進進出出。然後一個化驗室來的年輕女子敲門進來病房。她穿著鬆垮的白長褲和白上衣，拿著一小盤東西，她把小托盤放在病床旁邊。沒跟他們說一句話，就往孩子的手臂上抽血。那女的在孩子手臂上找著了正確的位置，一針扎下去的時候，霍華閉起了眼睛。

「我不明白這是做什麼，」安妮對那女的說。

「醫生交代的，」年輕女子說。「我都聽醫生的。他們說抽這個，我就抽這個。他怎麼了？」她說。「他好可愛。」

「他被車撞了，」霍華說。「是肇事逃逸，撞了人就跑了。」

年輕女子搖搖頭，再看看男孩，便端起托盤離開病房。

「他怎麼就是不醒呢？」安妮說。「霍華？我要這些人給我個答案。」

霍華什麼話也沒說。他再度坐回椅子，一條腿架在另一條腿上。他搓著臉，看了看兒子，再靠回座椅，閉上眼，睡了。

安妮走到窗前，望著窗外的停車場。入夜了，車子亮著頭燈在停車場上進進出出。她站在窗口兩手緊扣著窗台，她心裡有數，他們出事了，而且事情非常嚴重。她很害怕，牙齒直打顫，非得緊緊咬住牙關才能止住。她看見一輛大車停在醫院前面，有個人，一個穿長大衣的女人，鑽進車子裡。她真希望她是那個女人，也會有個人，任誰都行，開了車來接她，接她離開這裡去到別的地方，去到一個下了車就能看見史考帝在等候著她的地方，等著叫她媽媽，等著要她抱在懷裡。

過了一會兒，霍華醒了。他又看看孩子，然後從椅子上站起來，伸個懶腰，走到窗口站在她身邊。兩個人一起凝視著停車場，彼此都不說話。在這一刻他們似乎心靈相通，彷彿這份隱憂使得他們倆自然而然的透明起來。

病房門開了，法蘭西斯醫生走了進來。這次他換了一套不同的西裝和領帶。他的灰髮仍舊梳理得服服貼貼，看上去好像剛剛刮過鬍子。他直接走到床邊查看孩子。「他現在應該要醒了，實在沒道理不醒，」他說。「不過我可以明確的告訴兩位，他不會有任何危險。現在只要他醒過來，那就更好了。真的沒有理由，一點理由也沒有，搞不懂他為什麼還不醒過來。一定快了。啊，他醒過來的時候頭會很痛，這是肯定會的。他所有的跡象都很好，都很正常。」

「那，這就是昏迷囉？」安妮說。

醫生揉了揉他光滑的臉頰。「在他醒過來之前，我們暫時可以這麼說。兩位一定都累壞了，這很辛苦，我知道這很辛苦。隨便出去走走，吃點東西吧，」他說。「那對你們有好處。只要兩位有這個意願，我會安排護士進來。真的，去吃點東西吧。」

「我什麼也吃不下，」安妮說。

「當然，一切都看你們的意思，」醫生說。「總之，我還是這句話，所有的跡象都很好，檢驗結果都是陰性，沒有任何狀況，只要他醒過來，就沒事了。」

「謝謝你，醫生，」霍華說。他再跟醫生握一次手。醫生拍拍霍華的肩膀，走了出去。

「我看我們兩個當中得有一個回家去看看，」霍華說。「至少，『懶哥』該餵一餵了。」

「打電話請鄰居幫忙吧，」安妮說。「打給摩根他們。餵狗的事人家會的。」

「好吧，」霍華說。過一會，他又說，「親愛的，為什麼妳不去餵呢？為什麼妳不回去看看家裡的情況再過來呢？那對妳有好處。我會在這裡陪他。說真的，」他說。「我們都需要保持體力。就算他醒了之後，我們還得在這裡待上一陣子呢。」

「那『你』為什麼不去？」她說。「去餵飽懶哥，要餵牠你自己去。」

「我去過了，」他說。「我去了整整一個小時又十五分鐘。妳回家去待一個小時，換洗一下再回來吧。」

她仔細考慮到底要不要回去，可是太累了。她閉起眼睛再想一想。過了一會兒，她說，「我看我就回去個幾分鐘吧。也許我不坐在這兒每分每秒的盯著，他就醒了也說不定。你知道嗎？我不守在這裡，說不定他就醒了呢。我回家去洗個澡換一身乾淨衣服，等餵飽了懶哥我再回來。」

「我會在這裡看著，」他說。「妳只管回家吧，親愛的。我會盯住每一件事的。」他瞇著兩隻充血的眼睛，就好像一直都在酗酒的樣子。他的衣服起皺了，鬍碴也冒了出來。她摸摸他的臉，忽然把手抽回來。她明白他想要一個人清靜清靜，他需要一段時間不說話，不跟任何人分享他的愁緒。她從床頭櫃上拿起包包，他幫她穿起大衣。

「我不會去太久的，」她說。

「回到家坐下來好好休息一會，」他說。「吃點東西，洗個澡。洗完澡，就坐下來休息一會兒。試試看，那對妳絕對有好處。休息夠了再回來，」他說。「我們盡量放寬心吧。法蘭西斯醫生說的話妳都聽見了。」

她穿著大衣站在那裡，努力回想醫生說過的話，努力想要從那些話裡找尋一些蛛絲馬跡，一些弦外之音。她努力回想醫生彎腰查看孩子的時候，他的表情有沒有起任何一絲變化。她還記得他在翻開孩子的眼皮和仔細聽孩子的呼吸聲時的那副面孔。

她走到門口，又轉身回頭，看看孩子，再看看孩子的父親。霍華點點頭。她走出病房，帶上了門。

她走過護理站，走向走廊的盡頭找電梯。走廊盡頭，朝右轉，她走進一間小小的候診室，裡面的藤椅上坐著一家黑人。一個穿卡其襯衫和長褲的中年男人，頭上一頂往後推的棒球帽。一個穿著家居服和拖鞋的大塊頭女人倒在座位上。一個十來歲的女孩穿著牛仔裝，頭髮紮成幾十條小辮子，撐手撐腳的坐在椅子上抽菸，兩隻腳踝上下交叉的搭著。安妮一進來，這家人的眼光都轉到她身上。小桌上亂七八糟的堆滿了漢堡的包裝紙和保麗龍杯子。

「弗蘭克林，」大塊頭女人打起精神說。「是不是弗蘭克林的事？」她兩眼圓睜。「快告訴我，小姐，」那女人說。「是不是弗蘭克林的事？」她掙扎著想從椅子上站起來，那男人一手按住了她的臂膀。

「沒事沒事，」他說。「伊芙琳。」

「對不起，」安妮說。「我在找電梯。我兒子在住院，我找不到電梯。」

「電梯在那邊，向左轉，」那男人用手指著說。

那女孩抽著菸看著安妮。她的眼睛瞇成一條線，厚厚的嘴唇慢慢張開一絲縫隙，讓菸氣溜出來。那個黑女人把頭歪向肩膀，不再看安妮，不再對她感興趣。

「我兒子被車撞了，」安妮對那男人說。她似乎急於做出一些解釋。「有些腦震盪，頭蓋骨有些裂傷，不過沒事。他現在還在休克中，也有可能是某種程度的昏迷。這一點令我們很擔心，就是昏迷的這個部分。我要離開一會兒，我先生在陪他。說不定在我離開的時候，他就會醒過來了。」

「真是糟糕，」那男人在椅子上挪動一下身子。他搖了搖頭，看著桌面，再看回安妮。她仍舊站在那兒。他說，「我們家的弗蘭克林，在手術台上。有人砍他，想要殺死他。打架的時候他在場。就是那個聚會。他們說他只是站在旁邊看看而已，根本沒惹到誰。現在誰管這些，說這些一點意義也沒有。這會兒他就躺在手術台上。我們現在能做的只有抱著希望，禱告。」他定定的看著她。

安妮再看看那女孩，女孩還在盯著她，她轉向那大塊頭女人，那女人的頭仍舊垮著，只是現在連眼皮也閉上了。安妮看見她的嘴唇在動，好像在說什麼。她衝動的想要問她在說什麼。她好想跟這幾個處境相同的人多聊一會。她在害怕，他們也在害怕。就這一點，他們是完全相同的。她很想把車禍的事多說一些，把史考帝的情況多說一些，她想告訴他們意外就發生在他生日的當天，星期一，她想說他到現在還沒有恢復意識。然而她不知道該從何說起，只能站在那裡無言的看著他們。

她照著那男人的指示順著走廊走下去，找到了電梯。她在合攏的電梯門前面等了一會，心裡仍在疑惑這樣走開到底對不對。然後，她伸出手指按下按鈕。

她轉上車道，關掉引擎。她閉上眼睛，把頭往方向盤上靠了一會兒，聽著冷卻下來的引擎發出搭搭的聲音。她下了車，可以聽見屋子裡的狗吠聲。她走到前門，門沒上鎖。她走進去開了燈，煮上一壺水泡茶。她打開狗食，拿去後門廊餵懶哥。那狗餓壞了，一口接一口的吃著，還不時跑進廚房來看她在不在。她端著茶剛坐上沙發，電話就響了。

「是我！」她接起來就說。「喂！」

「魏斯太太，」一個男人的聲音。現在是清晨五點，她好像聽見電話那頭的背景有機器或是某種設備的聲響。

「是是！什麼事？」她說。「我是魏斯太太。我就是。怎麼了，請說？」她用心聽著那些背景的聲響。「是不是史考帝，天哪？」

「史考帝，」男人的聲音說。「是史考帝，沒錯。是跟史考帝有關的，這個問題。妳是不是把史考帝給忘了？」男人一說完就掛斷了電話。

她撥通醫院的電話，轉接三樓。她向接電話的護士詢問兒子的消息，再要求跟她先生說話。她說，事屬緊急。

她等待，電話線在她手指上纏來繞去。她閉起眼睛，冒出一股反胃的感覺。她必須讓自己吃點東西。懶哥從後門廊進來躺在她腳邊，搖著尾巴。她拉拉牠的耳朵，牠舔舔她的手指。霍華上線了。

「剛剛有人打電話進來，」她說。她扭著電話線。「他說史考帝有狀況，」她哭起來。

「史考帝很好啊，」霍華對她說。「我是說，他還在睡，沒有任何變化。妳離開之後護士來過兩次。反正不是護士就是醫生。他沒事。」

「那個人打過來，他說史考帝有事，」她告訴他。

「親愛的，妳休息一會兒吧，妳需要休息。那一定是之前打給我的那個人，別理他。等妳休息夠了再過來，我們一起吃早點。」

「早點，」她說。「我不想吃早點。」

「妳明白我的意思，」他說。「喝個果汁什麼的。我不知道，我什麼都不知道，安妮。天哪，我也不餓啊。安妮，現在說話不方便。我站在這兒，在人家辦公桌旁邊。早上八點法蘭西斯醫生又要來了。到時候他會做一些詳細的說明，會給我們一些更明確的說法。這是一個護士跟我說的。別的事她也不清楚。安妮？親愛的，到時候也許我們就會知道了。八點鐘，妳在八點以前過來。總之，這段時間我都在這裡。史考帝沒事，他還是老樣子，」他追加一句。

「我在喝茶，」她說，「電話就響了。他們說是關於史考帝的事。背後還有好些噪音。你接到的那通電話裡，背後也有噪音嗎，霍華？」

「我不記得了，」他說。「也許是開車的司機，也許是個神經病，不曉得從哪裡知道了史考帝的事。反正我就在這裡陪著他。妳就照原來的計畫休息一會兒吧。洗個澡，七點左右過來，等醫生來了，我們一起跟他談談。不會有事的，親愛的，我在這兒，周圍全是醫生和護士。他們說他的情況很穩定。」

「我害怕死了，」她說。

她放水，寬衣，進入浴缸。她飛快的洗完擦乾，也不浪費時間洗頭，便換上乾淨的內衣、羊毛休閒褲和毛衣。她走進客廳，那狗抬起頭看著她，狗尾巴甩了一下地板。她出門上車的時候，外面亮起些微的天光。

她把車開進醫院的停車場，找到了一個接近大門口的空位。她隱約覺得這次孩子出事，多少有一部分應該由她負責。她把心思轉移到那一家黑人身上。她記起弗蘭克林這個名字，記起那張滿是漢堡包裝紙的桌子，還有那個抽著菸盯著她看的十幾歲少女。「不要生孩子，」她一面走進醫院的大門，一面對著腦子裡那個少女的影像說。「看在上帝的分上，不要。」

她和兩個剛來上班的護士一起搭電梯上三樓。星期三早上，還差幾分就七點。電梯門在三樓滑開的時候，擴音器裡正在呼叫一位麥迪生醫生。她跟在護士後面出了電梯，兩個護士往反方向走，繼續聊著剛才因為她進入電梯而中斷的話題。她沿著走廊走到之前黑人家庭待過的那個小房間。他們已經走了，只是那些椅子散亂得就像一分鐘前才有人在上面彈跳過似的，桌面上還是堆著那些保麗龍杯子和報紙，菸灰缸裡還是塞滿了菸蒂。

她停在護理站前。一個護士站在護理台後面，邊刷頭髮邊打呵欠。

「昨天晚上有一個黑人男孩在動手術，」安妮說。「他的名字叫弗蘭克林。他的家人守在候診室裡。我想問問他現在的狀況。」

一名坐在護理台後方辦公桌、正在看表格的護士抬起頭。電話響了，她接起話筒，兩隻眼睛卻盯著安妮不放。

「他過世了，」護理台邊上的護士說。拿著髮刷的那個護士看著她。「妳是他們家的朋友？」

「我昨天晚上碰見這一家人，」安妮說。「我的兒子也在住院。他應該是休克吧，我們到現在還不太清楚到底出了什麼問題。我只是對弗蘭克林有些好奇，沒別的。謝謝妳。」她繼續往走廊走。跟牆壁同色的電梯門滑了開來，一個神情憔悴、穿著白長褲白帆布鞋的禿頭男人拉著一台沉重的手推車走出電梯。她昨天晚上並沒有注意到這些電梯的門。那男人把推車推進走廊，停在最靠近電梯的那個房間前面，查看一塊記事板。然後哈著腰從推車上抽出一個托盤。他輕輕敲了敲門，走進房間。她經過推車的時候聞到一股熱食散發出來的怪味。她快步向前走，不再理會邊上那些護士，兀自推開了孩子病房的門。

霍華背著手站在窗前，她一進來他就轉過身。

「他怎麼樣？」她問。她走向病床，把包包拋在床頭櫃旁邊的地上。感覺上，她似乎離開了好長好長一段時間。她摸摸孩子的臉。「霍華？」

「法蘭西斯醫生剛來過，」霍華說，她仔細的看著他，他的肩膀有些緊繃。

「我以為今天早上他要過了八點才會來，」她說得飛快。

「還有另外一個醫生一起來。神經內科的。」

「神經內科，」她說。

霍華點點頭。她清楚的看見他的肩膀緊繃。「他們怎麼說，霍華？看在上帝的分上，他們怎麼說？怎麼說的啊？」

「他們說，要帶他下去再做一些檢驗，安妮。他們認為要動手術，親愛的。親愛的，他們『要』動手術。他們不明白他為什麼醒不過來。這已經不只是休克或者腦震盪，這是他們目前所知道的。他們認為問題出在他的頭蓋骨，頭骨碎裂，應該是跟這個有——有關。我打過電話給妳，可是我想妳一定已經出來了。」

「喔，天哪，」她說。「喔，不要，霍華，不要啊，」她抓住他的手臂。

「看！」霍華說。「史考帝！快看，安妮！」他把她轉向病床。

男孩把眼睛張開了一下，又閉起來。現在他又把眼睛張開了，兩隻眼睛筆直的向前看了一會，然後慢慢的慢慢的移動，一直移動到停在霍華和安妮的身上，然後再慢慢的移開。

「史考帝，」他母親挨到床邊說。

「嘿，史考帝，」他父親說。「嘿，兒子。」

他們趴在床上。霍華把孩子的一隻手合在他的手裡，不停地又拍又捏。安妮湊近孩子，一遍又一遍的親吻他的額頭。她兩手捧著他的臉。「史考帝，寶貝，是媽咪和爸比呀，」她說。「史考帝？」

男孩看著他們，卻看不出任何認得他們的跡象。忽然他的嘴巴張開，眼睛使勁的閉上，他狂吼，一直吼到肺裡不剩一絲空氣。他的臉似乎放鬆了，柔和了。他的嘴唇分開來，讓最後一口呼吸穿過他的喉嚨，溫柔的從咬緊的牙關裡呼了出來。

§

醫生把這種現象叫做隱性腦阻塞，他們說出現的機率是百萬分之一。當初如果及早發現，立刻動手術，說不定還有救。不過也很可能沒救。不管怎麼說，他們不是一直都在找嗎，他們在找些什麼？不管檢驗也好，X光照射也好，根本沒有任何發現。

法蘭西斯醫生很震驚。「我沒辦法向兩位說出我此刻的心情有多難受。我太難過太抱歉了，真的，」他一面說一面把他們引進醫生的休息室。有個醫生坐在椅子上，兩條腿掛在另外一張椅子的椅背上，在看晨間電視節目。他穿著產房的綠色醫療服——寬鬆的綠色長褲綠色罩衫，再一頂遮住頭髮的綠色帽子。他看看霍華和安妮，再看看法蘭西斯醫生。他站起來關掉電視走了出去。法蘭西斯醫生把安妮請到沙發上，他陪在她身邊坐下，用一種低低的、撫慰人心的聲調跟她說著話。一度，他還側身過去擁抱她。她能夠感覺到他的胸膛貼著她的肩膀均勻的一起一伏。她睜著眼，任他摟著。霍華進去洗手間，他讓門開著。

在一陣狂哭之後，他放水洗了把臉，出來坐在小桌子邊上，桌上擱著一具電話。他看著電話，好像在考慮應該先做什麼。他撥了幾通電話。過了一會，法蘭西斯醫生也用了電話。

「現在我還能為兩位做些什麼？」他問他們。

霍華搖搖頭。安妮瞪著法蘭西斯醫生，彷彿不能理解他這句話似的。醫生送他們到醫院大門口。人群進進出出。現在是上午十一點。安妮意識到自己是多麼緩慢、多麼勉強的挪著腳步。似乎是法蘭西斯醫生在強迫他們離開，而她覺得他們應該留下來。她望著停車場，再回轉身看著醫院的大門。她開始搖頭。「不，不，」她說。「我不能把他一個人留在這兒，不行。」她聽見自己說的話，想著這未免太不公平了，這話應該是電視劇裡的台詞啊，是劇中人在面對意外或橫死之類的驚嚇時說的。她要說屬於她自己的話。「不，」她說，不知怎麼的，她又想起那個腦袋歪在肩膀上的女黑人。「不，」她再說一次。

「今天稍晚一點，我會再跟你們聯絡，」醫生對霍華說。「還有一些不得不辦的事情，這些事必須要妥善處理，是一些必須允分說明的事情。」

「驗屍，」霍華說。

法蘭西斯醫生點頭。

「我了解。」接著霍華又說，「唉呀，天哪。不，我不了解，醫生。我不能，我不能。我就是不能。」

法蘭西斯醫生環住霍華的肩膀。「對不起。真的，我真的太對不起了。」他鬆開霍華的肩膀，伸出手。霍華看著那隻手，然後握住了它。法蘭西斯醫生再度擁抱安妮。他似乎渾身充滿了她無法理解的仁慈。她讓自已的頭枕在他肩膀上，她的眼睛卻依舊睜得大大的。她一直看著這所醫院，直到他們駛出停車場，她還回頭看著這所醫院。

回到家，她坐在沙發上，兩手插在大衣口袋裡。霍華關上孩子的房門。他掀開了咖啡濾壺，再找來一只空箱子，他本來想把孩子散在客廳裡的一些東西收拾收拾，結果卻坐到她身旁，把空箱子推開一邊，傾著身子，手臂夾在膝蓋中間，哭了起來。她把他的頭拉到她腿上，拍著他的肩膀。「他走了，」她說。她不停的拍著他的肩膀。除了他的啜泣聲，她也聽見咖啡壺在廚房裡嘶嘶的叫聲。「好了，好了，」她溫柔的說。「霍華，他已經走了，他已經走了，我們必須慢慢的習慣。習慣孤單。」

過了片刻，霍華站起來，拿著空箱子漫無目的地在房間裡打轉，他沒有把任何東西收進箱子裡，只是把一些東西聚攏在沙發一頭的地板上。她繼續坐著，兩手插在大衣口袋裡。霍華放下箱子，把咖啡壺提進客廳。稍後，安妮給親戚們打了電話。每當電話撥通，對方接聽之後，安妮就會迸出幾個字，哭上一陣子。然後她用很節制的口吻，平靜的說明事情的來龍去脈，和以後的安排。霍華把箱子拿去車庫，在那裡，他看見了孩子的腳踏車。他扔下箱子，跌坐在腳踏車旁的石子路上。他姿態笨拙的抓住腳踏車，讓它靠在自己的胸前。他抱著車子，橡膠的腳踏板頂著他的胸口。他轉動起車輪。

安妮跟妹妹講完話把電話掛上，正準備找另外一組號碼時，電話響了。才響第一聲她就接起來。

「喂，」她說，她聽見背景裡有一種嗡嗡的怪聲。「喂！」她說。「天啊，」她說，「你到底是誰？你要幹什麼啊？」

「妳的史考帝，我已經為妳準備好了，」男人的聲音說。「妳忘記他了嗎？」

「你這個可惡的混蛋！」她對著話筒叫囂。「你怎麼可以這樣，你個混蛋！」

「史考帝，」男人說。「妳是真的忘記史考帝了嗎？」話一說完，那人就把電話掛了。

霍華聽見叫囂聲趕了進來，發現她趴在桌上痛哭。他拎起話筒，聽著電話裡待機的聲音。

到了很晚，就在午夜前一刻，他們處理完許多事情之後，電話又響了。

「你來接，」她說。「霍華，就是他，我知道。」他們坐在廚房餐桌旁，面前放著咖啡。霍華的咖啡杯邊上還有一小杯威士忌。電話響到第三聲時他接了起來。

「喂，」他說。「是哪位？喂！喂！」斷線了。「他掛斷了，」霍華說。「管他是誰。」

「就是他，」她說。「那混蛋。我真想殺了他，」她說。「我真想開他一槍，看著他死掉，」她說。

「安妮，我的天，」他說。

「你聽見了嗎？」她說。「在背後？一種怪聲，機器之類的嗡嗡聲？」

「沒有啊，真的。真的沒有那種聲音，」他說。「時間不夠長。我看也許是收音機裡的音樂。對，收音機開著，我只能聽出這一點。我不知道對方到底在搞些什麼名堂，」他說。

她搖著頭。「要是能夠，要是能夠，我一定要當面讓他好看。」就在這時候她忽然想起來了。她知道那是誰了。史考帝，蛋糕，電話號碼。她一把推開椅子站起來。「快開車帶我去購物中心，」她說。「霍華。」

「妳在說什麼？」

「購物中心。我知道是誰打來的了。我知道是誰了。是麵包師傅，那該死的麵包師傅，霍華。我向他訂做了一個史考帝的生日蛋糕，就是他打來的，就是他拿了我們家電話一直不斷的打來。就為了那個蛋糕不斷的打來騷擾我們。那個麵包師傅，那個混蛋。」

他們開車去到購物中心。天空清朗，繁星點點。很冷，他們開了車上的暖氣。他們停在麵包店前面。所有的店鋪都打烊了，只有電影院前面，最盡頭的停車場上還有一些車。麵包店的窗子黑黑的，透過玻璃，他們可以看見後進的房間亮著燈光，時不時的，有個繫著圍裙的大個子在那片單調的白光裡進進出出。透過玻璃，她瞧見許多展示盒和幾張小桌椅。她試試門把。他敲敲玻璃。不知道那師傅聽見了沒，他並沒有任何表示，也沒有朝他們的方向看。

他們把車繞到麵包店後面停好，下了車。有燈光的那扇窗戶太高了，他們沒辦法看到裡面。後門邊有塊牌子寫著：潘特麗烘焙店，訂做蛋糕。她隱約聽見裡面的收音機開著，還有吱嘎的聲響——是拉開烤箱門的聲音嗎？她敲了敲門等候，接著再敲一次，這次比較大聲。收音機關了，現在有一種刮擦的聲音，一聽就知道是在拉抽屜，拉開又關上。

有人開了門鎖把門打開。麵包師傅站在燈光裡打量著他們。「我們休息了，」他說。「這麼晚你們想要什麼？現在是半夜。你們是喝醉了還是怎麼的？」

她踏入亮著燈光的門口，他眨著厚重的眼皮認出了她。「是妳，」他說。

「是我，」她說。「史考帝的母親。他是史考帝的父親。我們想進來。」

麵包師傅說，「我正在忙，我有工作要做。」

不管怎樣，她反正已經踩進來了，霍華跟在她後面。麵包師傅往後退。「這裡的味道聞起來就像個麵包店。這裡聞起來是不是就像個麵包店，霍華？」

「你們要幹什麼？」麵包師傅說。「是來拿蛋糕嗎？一定是，你們決定來拿蛋糕了。你們確實是訂了蛋糕，對不對？」

「你這個麵包師傅，算你厲害，」她說。「霍華，不斷打電話過來的就是這個人。」她握緊拳頭，惡狠狠的瞪著他。她內心有火在燒，怒火使她自我膨脹，她覺得她不只比原來的自己強大，甚至強過這兩個男人當中的任何一個。

「等一下，」麵包師傅說。「妳想要拿那個已經放了三天的蛋糕？是嗎？我不想跟妳吵架，太太。蛋糕就在那兒，都快壞了。我就以半價賣給妳。這樣吧。妳想要？想要就拿走。這個蛋糕現在對我毫無用處，對任何人都毫無用處。為了做這個蛋糕，我費時費錢。如果妳還要它，沒問題，如果妳不要了，那也沒問題。反正我得去忙我的了。」他看著他們，舌頭在牙齒後面打轉。

「還在說蛋糕，」她說。她知道現在她已經能克制了，能壓住自己內心高漲的火氣了。她很鎮定。

「太太，我在這個地方一天工作十六個小時賺錢養家，」麵包師傅說。他在圍裙上擦著手。「從早忙到晚，才能勉強過日子。」安妮臉上的表情讓麵包師傅倒退一步說，「嗨，別鬧事啊。」他搆到工作台上，用右手拿起一支擀麵棍，往另外那隻手心巴搭巴搭的敲。「那個蛋糕妳到底是要還是不要？我得回去幹活了。麵包師傅都在晚上幹活的，」他又說。他的眼睛很小，顯得很刻薄，她心裡想著，幾乎整個嵌在臉頰上的橫肉裡了。他的脖子全是厚厚的肥油。

「我知道麵包師傅都在晚上幹活，」安妮說。「他們也都在晚上打電話。你個混蛋，」她說。

麵包師傅繼續朝手心敲著那支擀麵棍。他瞥了霍華一眼。「小心點，別太過分啊，」他對霍華說。

「我兒子死了，」她冷冷的，甚至決絕的說。「星期一早上被車撞了。我們一直等一直等，等到最後他死了。當然啦，你當然不可能會知道這些，是吧？麵包師傅不可能樣樣都知道——對吧，麵包師傅先生？可是他死了。他死了呀，你個混蛋！」憤怒來得快，也退得快，忽然就讓位給了別的東西，讓給了一種令人暈眩作嘔的感覺。她緊靠著撒滿麵粉的木桌，兩手摀著臉，失聲痛哭，她的肩膀不斷的前後抖動。「不公平，」她說。「太不——太不公平了。」

霍華把手搭在她的背上，看著麵包師傅。「你真是無恥，」霍華衝著他說。「無恥。」

麵包師傅把擀麵棍放回工作台。他解下圍裙，也把它拋到工作台上。他看著他們，很慢很慢的搖了搖頭。從放著報紙、收據、計算機和電話簿的桌子底下，他拉出一把椅子。「請坐，」他說。「我再去幫你拿張椅子，」他對霍華說。「請坐請坐。」麵包師傅去前面帶了兩張鐵皮椅子回來。「請坐下來吧，兩位。」

安妮擦乾眼淚，望著麵包師傅。「我本來想殺了你，」她說。「想要你死。」

麵包師傅為他們把桌子清出一些空間。他把計算機、一大疊的便條紙和收據推到一邊，再把那本電話簿推到地板上。霍華和安妮坐下來，順手將座椅拉近桌子。麵包師傅也坐了下來。

「容我致上最深的歉意，」麵包師傅把手肘架在桌上。「我心裡的難受只有上帝知道。聽我說。我只是一個做麵包的師傅。別無所求。也許有過那麼一次，好多年以前，那時候我是一個跟現在完全不同的人。我已經忘了，搞不太清楚了。就算有過，現在我也不是那個我了。現在我只是一個麵包師傅。我知道，並不能用這些話做藉口來原諒我的所作所為。我太難過太抱歉了。我為你們的孩子感到難過，我為我自己夾在事件當中攪局的行為感到抱歉，」麵包師傅說。他張開兩手，翻個面，露出掌心。「我自己沒有孩子，對兩位的感受我只能憑藉想像。現在我唯一能說的就是我很抱歉，希望兩位肯原諒我，」麵包師傅說。「我不是一個惡人，我不認為我是。我絕對不像妳在電話裡說的那麼惡毒。說實在，因為這件事，我真的不知道該如何待人處事了。兩位，」這人說，「不知道兩位是否能夠真心的原諒我？」

麵包店裡很暖和，霍華起身脫掉大衣，他也幫安妮脫下大衣。麵包師傅看了他們一會，忽然點點頭從桌旁站起來，走到烤箱那邊關了幾個按鈕。他找了幾只杯子，從電動咖啡壺裡倒了咖啡，再在桌上放了一紙盒子奶油，和一碗糖。

「兩位可能需要吃點東西，」麵包師傅說。「我希望兩位願意嚐嚐我做的熱餐包。

兩位需要吃點東西才有力氣。在這種時候，吃是一件很小、很美的事，」他說。

他給他們端上了剛出爐的肉桂麵包，麵包上的糖衣還軟呼呼的。他把牛油和塗抹牛油的小刀放到桌上。這位麵包師傅陪著他們一起坐上餐桌。他等著，等著他們終於從盤子裡一人拿起一個餐包來吃。「稍微吃一些東西很好，」他看著他們說。「還多著。盡量吃，吃到飽。這裡什麼都沒有，就麵包最多。」

他們吃著麵包喝著咖啡。安妮突然間好餓，那餐包又熱又甜。她一連吃了三個，麵包師傅好高興。他打開話匣子，他們認真的聽著。雖然兩個人很疲憊、很痛苦，還是認真聽著麵包師傅說話。麵包師傅說到孤單，說到他邁入中年的時候那份疑惑徬徨的心情，他們頻頻點頭。他告訴他們這麼多年過著無兒無女的日子是什麼滋味。天天重複著烤箱滿了又空，空了又滿，永無止境，沒完沒了。他為別人做了多少宴會、慶典的餐點。那些厚得不得了的糖衣。那些插在蛋糕上的一對對迷你小新人，到現在怕有好幾百個，不，好幾千個了。那些生日。想想有多少根點亮的蠟燭吧。他技術好，有主顧。他是個麵包師傅。好在他不是個花匠。能把人餵飽總是比較好，在任何時間，麵包的香味聞著也總是比花朵來得好。

「聞聞看這個，」麵包師傅說，他掰開一條黑麵包。「這麵包很粗很結實，可是很香醇。」他們聞了聞，他要他們試試味道。有糖蜜和五穀雜糧的味道。他們不斷的聽他說，不斷努力的吃。他們把黑麵包吞下了肚。在日光燈底下，屋子裡亮得就像白晝。他們聊到了清晨，窗戶上已經透出灰白色的天光，他們還不想離開。

6 維他命

我有一份工作，派蒂沒有。我每晚在醫院混個幾小時，那根本算不上什麼工作。做點雜事，在簽到卡上簽上八小時，我就跟那些護士喝小酒去了。這樣過了一陣子，派蒂也想找工作。她說她為了自尊需要一份工作，於是她開始挨家挨戶推銷多種維他命。

起初一段時間，她就像那種在陌生街坊來回兜上下跑的女孩，四處敲門。不過她很快學到了訣竅。她在學校念書的時候就很機靈，各方面都很優秀，個性也好，公司很快就提升她，而那些表現不夠好的女孩就只能在她底下工作。再不久，她就有了自己的班底，還在賣場裡設了一間小辦公室。不過在她手下幫忙的女孩經常異動。有的做了三兩天就辭職不幹——有時候，甚至不到三兩個小時。不過也會有表現很不錯的女孩，她們很會推銷維他命。這些女孩跟著派蒂一起打拚，逐漸成為這個班底的核心。可是有些女孩就是不行，維他命在她們手裡就是銷不出去。

那些做不好的女孩很快就不做了，她們會直截了當的不來上班。如果家裡有電話，她們會摘下話筒；也不應門。派蒂對於失去這些職員非常痛心，就好像她們是一群改過自新的孩子，卻又再度迷失了方向。她會責怪自己。不過她恢復得很快，因為狀況太多，也就習慣了。

三不五時，總會有一個女孩忽然怯場，沒辦法上門按鈴。或者到了門口，忽然嗓子出問題，發不出聲音了。再或者，在寒暄的時候忽然混進了一些應該在進門之後才說的話。一個女孩要是發生了這種狀況，那就得趕緊收拾，拎起樣品箱上車走人，把車開上大街兜風，一直兜到派蒂和其他人結束行程為止；因為還有檢討會要開，所以得在全體會合之後一起回辦公室開會，說一些鼓舞自己的話。「危機就是轉機。」或者，「做對的事，好運自然到。」這一類的東西。

更有些時候，一個女孩會忽然人間蒸發，連人帶貨全部消失。她隨便搭個便車進城，然後逃之夭夭。不過永遠會有別的女孩來接替她的位子。那段時間，女孩子不斷的來來去去。派蒂有一份名單。每隔幾個星期，她就會在《小氣財神》雜誌上登一則小廣告，馬上就有更多的女孩進來接受培訓。女孩何其多，誰怕誰啊。

核心小組是由派蒂、多娜和希拉所組成。派蒂是個大美人。多娜和希拉只算得上中等姿色。有天晚上，希拉對派蒂說，她愛她超越世間的一切。派蒂告訴我，她當時真的就是這麼說的。那次派蒂開車送希拉回家，她們倆坐在希拉家前面。派蒂對希拉說她也愛她，說她對她手下的女孩個個都愛。這跟希拉心裡想的可不一樣。希拉摸著派蒂的胸部。派蒂說她抓住希拉的手，握著。她說她當時告訴希拉，她不來這套。她說希拉連眼睛都不眨一下，只是點點頭，然後握住她的手，親一下，就下車了。

將近聖誕節。維他命的生意不好做，我們認為應該開個派對同樂一下。當時這似乎是個很不錯的主意。第一個喝掛的是希拉。她直接站著就昏倒了，直挺挺的倒下去，幾個鐘頭都不醒。前一分鐘還好端端的站在客廳中間，下一秒她眼睛一閉，兩腿一彎，就倒下了，手裡還拿著酒杯。她倒下的時候，拿酒杯的手打到咖啡桌，她一聲也沒吭，杯子裡的酒全灑在地毯上。我和派蒂還有另外一個人合力把她拖到後門廊，安頓在帆布床上，我們幾個盡量不去想她，只當沒事。

大家喝到盡興才回家。派蒂上床睡了。我意猶未盡，就拿著酒坐在桌前，一直喝到外面天都亮了。這時候希拉從後門廊歪歪斜斜的走進來。她說她頭痛得好厲害，就像有人在拿鐵絲扎她的腦子。她說頭痛成這樣，她真怕就此變成永久性的斜視。她還說她的小指一定斷了。她把小指伸給我看，看上去紫紫的。她抱怨我們讓她戴著隱形眼鏡睡了一整夜。她想要知道到底有誰在乎過她了。她把手指抬高湊近看，搖搖頭，再把手指盡量撐遠了再看，一副不敢相信昨晚會有這種事發生在她身上的表情。她的臉是腫的，頭髮亂七八糟，她用冷水沖著那根手指。「天哪，喔，天哪，」她湊著水槽又叫又哭。想起她對派蒂的糾纏，那一大套愛的宣言，我的同情心全沒了。

我喝著摻了碎冰片的威士忌加奶。希拉靠著水槽邊的流理台，拿她那對只剩一道細縫的眼睛盯著我。我喝我的酒，什麼話也不說。她又繼續對我說她有多麼不舒服，說她需要看醫生。她說她要叫醒派蒂，說她要辭職，要離開這個州，要去波特蘭。只是她得先跟派蒂道個別。她繼續嘮叨，還說要派蒂開車送她去醫院看手指和眼睛。

「我開車送妳去，」我說。我並不想這麼做，可是礙於禮貌，不得不開口。

「我要派蒂送我，」希拉說。

她用她的好手握住那隻壞手的手腕，那根小指腫得像一支小手電筒。「再說，我們需要談一談。我得告訴她我要去波特蘭的事，我得向她說一聲再見。」

我說，「由我來告訴她吧，她還在睡。」

希拉變了臉。「我們是『朋友』，」她說。「我必須跟她談一談。我非得親口告訴她不可。」

我搖搖頭。「我說過了，她在睡覺。」

「我們是朋友，而且我們彼此相愛，」希拉說。「我一定要跟她道別。」

希拉作勢要離開廚房。

我站了起來，說：「我說了我開車送妳。」

「你喝醉了！你到現在還沒睡過。」她再看一眼她的手指，說，「該死的，怎麼會發生這種事？」

「還沒有醉到不能開車送妳去醫院的地步，」我說。

「我絕不會跟你走的！」希拉吼著。

「隨妳便。總之妳不可以去吵醒派蒂。妳個臭拉子⑦，」我說。

「你混蛋，」她說。

她就這麼喊著，走出廚房，走出大門，也不上洗手間，甚至不洗把臉。我起身往窗外看。她正朝著優克里德大道的方向在走。馬路上一個人也沒有，時間實在太早了。

我把酒喝光，考慮再續一杯。

我又續了一杯。

從那次以後再沒有人見過希拉。至少，在我們這些跟維他命有關係的人裡面絕對沒有。她走向優克里德大道，走出了我們的生活。

過後派蒂問起，「希拉怎麼了？」我說，「她去波特蘭了。」

我對多娜很有意思，她是核心小組裡的另外一個成員。開派對那一晚，我們隨著艾靈頓公爵⑧的爵士樂唱片跳舞。我緊緊的摟著她，嗅著她的髮香，帶她滑過地毯，我的手落在她背後很低很低的位置。跟她跳舞的感覺超好。我是派對裡唯一的男生，一共有七個女孩，六個都是女女配對的跳。在客廳裡放眼望去，簡直棒得沒話可說。

我在廚房，多娜剛好拿著空杯進來。我們單獨相處了一會兒。我輕擁著她，她也順勢摟著我。我們就站在那裡摟摟抱抱。

就在這時候她忽然說，「不要，現在不行。」

我一聽「現在不行」，立刻放手。反正錢在銀行，跑不掉的。

⑦ 即蕾絲邊，lesbian，女同性戀者之意。

⑧ Duke Ellington, 1899—1974，美國著名作曲家，鋼琴家，爵士大樂團領班，Big Band代表人物。

當希拉帶著那根受傷的手指進來時，我還在餐桌上回味那個擁抱。

我後來又想了一會兒多娜，才乾了那杯酒，然後我把電話拔了，走進臥室，脫掉衣服，躺到派蒂身邊。我躺一會兒，慢慢放鬆了，便開始辦事。可是她沒醒過來。事後，我閉上了眼睛。

再睜開眼的時候已經是下午。床上只有我一個人。雨嘩嘩的打著窗戶。派蒂的枕頭上躺著一個甜甜圈，床頭櫃上擱著一杯涼水。我還在宿醉，迷迷糊糊的。我知道是星期天，聖誕節就快到了。我吃了甜甜圈，喝了水，再睡，一直睡到聽見派蒂開吸塵器的聲音。她進臥室問起希拉。我就是在那時候告訴她，說她去了波特蘭。

新年過後一個禮拜左右，我和派蒂在一起喝酒。她剛剛下班回家。時間不算太晚，但天已經黑了，還下著雨。再一兩個小時我就要上班去了，不過我們還是喝了幾杯威士忌，說了說話。派蒂很疲憊，她情緒低落，一連喝了三杯酒。這陣子沒有人要買維他命。現在她身邊只剩下多娜和一個新進人員，小潘，這女孩手腳不太乾淨。我們聊著壞天氣和哪些違規停車罰單可以不繳之類的瑣事，然後我們說到搬家，如果搬到像亞利桑納那樣的地方，或許會比現在好很多。

我又為我們倆斟了酒。我看看窗外。亞利桑納是個不錯的點子。

派蒂說，「維他命。」她拿起酒杯，轉著冰塊。「什麼玩意兒！」她說。「我的意思是，小時候，我哪會想到幹這種工作。天哪，我從來沒想過長大了會去推銷維他命，挨家挨戶的賣維他命。真想不到，簡直離譜到了極點。」

「我也沒想到，親愛的，」我說。

「說得好，」她說。「你說得真簡單。」

「親愛的。」

「別來這套，」她說。「這很難的，兄弟。別小看它，這種生活不容易。」

她似乎在用心思考什麼。想了一會她搖搖頭，把酒喝了。她說，「我連睡著的時候都會夢到維他命。我輕鬆不起來，完全輕鬆不起來！最起碼你下了班就可以把工作拋開。我敢說你一次也沒夢見過你的工作，我敢說你絕對不會夢見在地板上打蠟之類的事情。你只要離開了那個鬼地方，絕對不會回到家再夢見它吧，是不是啊？」她尖著聲音吼。

我說，「我不記得我夢到過什麼。也許我不會作夢。我醒了就什麼都不記得了。」

我聳聳肩。睡著的時候腦子裡在做什麼，我是不會作記錄的。我不關心那些東西。

「你會作夢！」派蒂說。「就算不記得，你還是會作夢。人人都會作夢。如果你不作夢，你就會瘋掉。我在書上看過，夢是一個宣洩的出口。人在睡著的時候都會作夢，否則就要變成神經病了。可是我只要一作夢，就夢到維他命。你明白我的意思了嗎？」她兩眼緊盯著我。

「算明白也不明白，」我說。

這實在不是一個簡單的問題。

「我夢見我在推銷維他命，」她說。「一天到晚都在推銷維他命。天哪，這是什麼生活啊，」她說。

她又乾了酒。

「小潘做得如何？」我說。「她還偷東西嗎？」我想讓我們換個話題，一時間卻想不出什麼好的。

派蒂說，「胡扯，」她搖頭的樣子就好像我是個不懂事的白痴。我們兩個聽了一會兒雨聲。

「現在沒人買維他命，」派蒂說。她拿起酒杯，杯子已經空了。「現在沒人買維他命，我在說。你沒在聽嗎？」

我起身再為我們倆斟上酒。「多娜最近怎麼樣？」我說，看著酒瓶上的標籤等答案。

派蒂說，「前兩天她做了一點小業績，就那麼一丁點而已。這整個禮拜我們就那麼一丁點的業績。她要是不幹了，我也不意外。我不會怪她，」派蒂說。「換作是我，我也會不幹。可要是她不幹了，那怎麼辦？那我就又回到原點，就這樣。一切歸零。這麼冷的冬天，整個州裡生病的人到處都是，好多人都快病死了，居然沒有人想到要買維他命。我自己都病得差不多了。」

「怎麼了，親愛的？」我把酒杯放到桌上，坐了下來。她自顧自的說著，只當我沒開口似的。說不定我真的沒開口。

「我倒成了我自己唯一的主顧了，」她說。「看樣子這些維他命對我的皮膚有影響。你看我的皮膚還好嗎？一個人可以吃過量的維他命嗎？我現在好像連上大號都不大正常了。」

「親愛的，」我說。

派蒂說，「你根本不關心我有沒有在吃維他命。這才是重點，你什麼都不關心。今天下午下大雨，擋風玻璃的雨刷不動了，我差點撞車。就差那麼一點。」

我們就這樣邊喝酒邊聊天，一直到我該去上班的時間。派蒂說如果她能撐著不睡著，就先去浴缸裡泡個澡。「現在我連站著都能睡了，」她說，「維他命。現在就只有它陪伴我了。」她瞧了瞧廚房，又看看那只空空的酒杯。她是醉了。不過她還是讓我親了她，然後我就上班去了。

下班後我常去一個地方。最先是為了那裡的音樂，再來是因為過了打烊時間我還能在那兒喝上一杯。那地方叫做「外百老匯」。在黑佬區裡，完全是黑佬的地盤。老闆也是黑佬，名叫卡其。這裡的人都是在別處打烊之後才過來的。這些人習慣點店裡的招牌飲料——加料威士忌的RC可樂⑨——也有人自己帶酒來，藏在外套底下，只叫一份RC可樂，再自己調配。樂手會上台做即興演出，一些想續攤的酒客跟了來，邊喝邊聽音樂。有時候也有人跳舞。不過主要還是坐在那裡喝酒聽音樂。

偶爾會有一個黑佬拿酒瓶敲另外一個黑佬的腦袋。曾經流傳著這麼一則故事，有個人跟著某個人進男廁，趁對方兩手處理小便的時候割開了他的喉嚨。不過我從來沒碰見過什麼大麻煩。卡其罩得住。卡其是個大塊頭黑佬，一個光禿禿的大腦袋瓜在螢光燈底下亮得很詭異。他愛穿長過褲頭的夏威夷衫，我猜想他褲腰帶裡面鐵定揣了傢伙，至少一支棍子什麼的。只要有人帶頭鬧事，卡其就會走上前去，把他的大手按在鬧事者的肩膀上，說兩句話，事情就結了。我斷斷續續地去了好幾個月。我很喜歡聽他對我說的一些話，好比說，「今天晚上如何，朋友？」或者，「朋友，好一陣子沒見著你啦？」

外百老匯也是我帶多娜去約會的地方。我們就那一百零一次的約會。

那天我走出醫院的時候剛過午夜。天氣清朗，繁星點點。之前跟派蒂一起喝的那些威士忌還沒散，我腦袋仍舊嗡嗡的叫。但我還想在回家的路上去新吉米再喝它一杯。多娜的車停在我車子旁邊的空位，她人就坐在車裡。我想起我們在廚房裡的擁抱。「現在不行，」當時她說。

她搖下車窗，彈了彈菸灰。

「我睡不著，」她說。「有心事，我睡不著。」

我說，「多娜。嘿，很高興見到妳，多娜。」

⑨ RC是威士忌品牌Royal Crown的縮寫，RC可樂亦被稱之為「皇冠可樂」。五〇年代，RC可樂配月亮派餅是美國南方最夯的勞工午餐。

「我不知道我是怎麼了，」她說。

「要不要找個地方喝一杯？」我說。

「派蒂是我的朋友，」她說。

「她也是我的朋友，」我說。我再接著說，「走吧。」

「我都說白了，」她說。

「有個地方不錯。黑佬去的地方，」我說。「音樂很好。我們可以喝一杯，聽聽音樂。」

「你來開車？」多娜說。

我說，「讓個位吧。」

她二話不說，立刻切入維他命。維他命不行了，維他命聲勢大跌了，維他命的市場盪到谷底了。

多娜說，「我真的不想對派蒂這樣。她是我最要好的朋友，她正在努力想辦法改善。可是我幹不下去了。這件事就我們兩個知道。你要發誓！我要吃飯，我要付房租，我要買新鞋和大衣。維他命負擔不起啊，」多娜說。「我看維他命已經沒救了。這話我都還沒對派蒂說過。就如我剛才說的，我還只是發想而已。」

多娜把手擱在我大腿邊。我將手往下探，緊緊捏住她的手指。她也捏捏我的手，然後把手抽開，亮起打火機。點完菸之後，她再把手放回來。「最糟糕的一件事，也是我最不想做的一件事，就是讓派蒂失望。你明白我的意思嗎？我們是一個團隊，」她把菸遞給我。「我知道這跟你抽的牌子不同，」她說，「好歹試試，抽一根吧。」

我把車停到外百老匯的停車場。三個黑佬靠著一台老舊的克萊斯勒，擋風玻璃已經裂了。他們只是閒閒沒事，把紙袋裡一瓶酒傳來傳去的喝著。三個人把我們看了個夠。我下車繞過去替多娜打開車門。我關好車門，挽起她的手臂，走上大街。那三個黑佬還在看我們。

我說，「妳不會是想搬去波特蘭吧？」

我們走上人行道，我伸手攬住她的腰。

「我對波特蘭一無所知，我對波特蘭連起心動念都沒有過。」

外百老匯的前半部分就像一般的簡餐酒吧。有幾個黑佬坐在吧台邊，還有幾個坐在鋪著紅色油布的桌位上用餐。我們穿過簡餐部，走入後進的大廳。這裡有一個很長的吧台，靠牆是幾個卡座式的小包廂，再往後面，是供樂手表演的舞台，舞台前面的空間將就著算是舞池。這個時間，別的酒吧和夜總會大概還在營業，所以報到的客人還不夠數。我幫多娜寬了大衣。我們挑了一個小包廂，把菸放在桌上。那個叫漢娜的黑人女服務生過來招呼，漢娜跟我點個頭。她看著多娜。我點了兩杯招牌可樂，決心把事情搞定。

飲料上來，我付過帳，我們各自喝了一口之後，兩個人就抱在一起了。就這樣持續了好一會，我們又擠又摸，互相親著對方的臉。多娜不時會停下來，抽開身子，稍稍把我推開一點，拽著我的手腕，深深的看著我的眼睛。然後她把眼皮慢慢的闔上，我們兩個人再度熱吻。沒多久人愈來愈多。我們停止親吻。我的手還是摟著她。她的手指搭在我腿上。幾個黑人喇叭手和一個白人鼓手開始玩樂器。我在心裡核計，我和多娜再喝一杯，聽兩首曲子，然後我們就上她那兒把該辦的事辦完。

就在我向漢娜加點了兩杯飲料之後，一個叫班尼的黑佬過來了，旁邊還跟著一個穿著體面的大個子。這個大個子有一對紅紅的小眼睛，穿著三件式的細條紋西裝，配著玫瑰紅的襯衫、領帶、中長大衣、寬邊軟呢帽——全套行頭，一應俱全。

「大哥好啊？」班尼說。

班尼伸出手，來個好哥兒們的握手禮。班尼和我，我們之前聊過天。他知道我喜歡音樂，我們倆只要在這裡碰上，他總習慣過來聊上幾句。他很愛提起強尼．霍吉斯⑩，提他過去擔任強尼的後備薩克斯風手那段往事。他一開口就是「想當年我和強尼在梅森市的那次演出」。

「嗨，班尼，」我說。

「我想介紹這位尼爾森給你認識，」班尼說。「他今天剛從越南回來，就今天早上。他專程來這裡聽音樂，還帶了舞鞋以備萬一哪。」班尼看了看尼爾森，點個頭。「這就是尼爾森。」

我先盯著尼爾森腳上那雙油光閃亮的皮鞋，再抬頭看著尼爾森。他似乎非要把我看出一個究竟似的打量著我，把我打量完了之後他咧開嘴，笑很大的露出一口牙。

「這是多娜，」我說。「多娜，這是班尼，這是尼爾森。尼爾森，這是多娜。」

「哈囉妳好，姑娘，」尼爾森說，多娜也立刻回話，「你好，尼爾森。你好，班尼。」

「不如我們加進來，跟你們作夥吧？」班尼說。「行嗎？」

我說，「當然。」

⑩ Johnny Hodges, 1906–1970，美國知名中音薩克斯風爵士樂手。

可是我心裡在嘀咕他們怎麼不換個地方。

「我們待不久，」我說。「頂多喝完這杯就得走了。」

「我知道，大哥，我知道，」班尼說。等尼爾森入座之後，他跟著在我對面坐下。「有大事要辦，有地方要去。沒問題的，頭兒，班尼明白，」班尼邊說邊眨眼。

尼爾森朝多娜看一眼。他摘下帽子，似乎要在帽簷上找什麼東西，一雙大手不斷的轉動著那頂帽子。他在桌上挪出個空位擱帽子，再抬頭看多娜。他咧開嘴笑笑，挺了挺肩膀。他每隔幾分鐘都要挺一挺肩膀，好像已經扛不動了似的。

「妳跟他是相好，我敢跟妳賭，」尼爾森對多娜說。

「我們是好朋友，」多娜說。

漢娜過來了。班尼叫了兩杯招牌可樂。漢娜走開了，尼爾森從大衣裡掏出一品脫裝的小瓶威士忌。

「好朋友，」尼爾森說。「相好的好朋友。」他旋開了威士忌的瓶蓋。

「小心一點，尼爾森，」班尼說。「別教人看見啦。尼爾森從越南回來剛下飛機，」班尼說。

尼爾森舉起瓶子，喝了一口威士忌。他旋上蓋子，把酒瓶擺在桌上，再拿帽子蓋在上面。「相好的好朋友，」他說。

班尼看著我，兩眼翻白。他也喝醉了。「我得把自己好好整頓一下了，」他對我說。他就著他們的兩杯可樂各喝了一口，把杯子挪到桌子底下，倒了些威士忌。再把小酒瓶放進大衣口袋。「大哥，我已經一個月沒沾薩克斯風了，我非得好好振作一下不可了。」

我們四個人窩在包廂裡，飲料杯擺在我們面前，尼爾森的帽子擱在桌上。

「你，」尼爾森衝著我說，「你是跟別人在一起，對吧？這個美女，她不是你老婆。我知道。可是你跟這個美女是相好的朋友。我沒說錯吧？」

我喝了兩口可樂酒，一點也嚐不出威士忌的味道。我根本什麼味道也嚐不出來。我說，「在電視上看到那些關於越南的怪事兒，都是真的嗎？」

尼爾森拿他那對紅眼睛瞪著我，他說，「我要說的是，你知道你老婆在哪裡嗎？我跟你賭，你在這兒人五人六的跟你的相好勾搭，她就在外頭跟某個傢伙搞在一起，抓他的奶頭，掏他的老二呢。我跟你賭，她一樣也有相好的朋友。」

「尼爾森，」班尼說。

「尼爾森什麼都不是。」尼爾森說。

班尼說，「尼爾森，我們別去煩人家了。另外那個包廂裡也有熟人，我以前跟你提過的。尼爾森，你今天早上才剛下飛機。」

「我知道你在想什麼，」尼爾森說。「你一定是在想，『來了這麼個喝醉酒的大黑仔，我該拿他怎麼辦？說不定該狠狠的抽他一頓屁股才行！』你就是這麼想的，對吧？」

我環顧四周。看見卡其站在舞台附近，樂手們在他後面演奏。舞池裡有幾個跳舞的人。我以為卡其在看我——不管他是不是在看我，現在已經別開臉了。

「該輪到你說話了吧？」尼爾森說。「我只是跟你鬧著玩的。離開越南之後，我還沒鬧過誰呢。那些臭越南仔倒是被我鬧過好幾回。」他又咧開嘴，厚大的嘴唇往後翻。忽然他不笑了，只是乾瞪著我。

「把那隻耳朵亮給他們瞧瞧，」班尼說。他把玻璃杯放在桌上。「尼爾森還把其中一個傢伙的耳朵刮了下來留作紀念，」班尼說。「他隨身帶著。亮出來瞧瞧，尼爾森。」

尼爾森坐在那兒，開始摸索大衣口袋。他從一個口袋裡摸出了一些東西，幾把鑰匙和一盒止咳丸。

多娜說，「我才不要看什麼耳朵。噁心，簡直噁心死了。」她看著我。

「我們真的該走了，」我說。

尼爾森仍在摸索那些口袋，他從西裝的內袋裡摸出一個皮夾放到桌上。他拍拍皮夾。「這裡頭有五張大票。仔細聽著，」他對多娜說。「我給妳兩張。明白嗎？我給妳兩張大票，妳就跟我吹吹『法國號』。就像那邊那女的在跟那大個兒辦的事。妳聽清楚了嗎？就是他的手一伸進她的裙子，她的嘴就上了他的棒槌。公平交易，誰也不吃虧。哪。」他從皮夾拉出紙鈔的一角。「哪，這一百是給妳這位好朋友的，免得他有失落感。他啥也不用做。你啥也不用做，」尼爾森轉過來對我說。「你只要坐在這兒喝你的酒聽你的音樂。這音樂好耶。我跟這女人出去一下，好朋友嘛。過一會兒她自己回來。要不了多久，她去去就來。」

「尼爾森，」班尼說，「胡說些什麼，尼爾森。」

尼爾森咧著嘴笑。「我說完了，」他說。

他終於找到摸索了半天的東西，一個銀色的菸盒。他打開菸盒。我看見裡面有一隻耳朵。它坐在一層棉花上頭，看起來很像一朵乾癟的蘑菇，卻是一隻貨真價實的耳朵，串在一根鑰匙鍊上。

「天哪，」多娜說。「好噁。」

「了不起吧？」尼爾森說。他目不轉睛的看著多娜。

「見鬼了。快拿開，」多娜說。

「小妞，」尼爾森說。

「尼爾森，」我說。尼爾森拿他的紅眼睛盯著我。他把帽子皮夾香菸盒一股腦的推開。

「你還想怎樣？」尼爾森說。「我啥也沒少你的，該給的我全都給啦。」

卡其一手搭著我的肩膀，一手按著班尼的肩膀。他湊近桌子，腦袋在燈光下發亮。「怎麼樣？玩得還盡興吧？」

「沒事，很好，卡其，」班尼說。「一切ＯＫ。這兩個正要走，我和尼爾森留下來聽音樂。」

「太好了，」卡其說。「我的座右銘就是快樂第一。」

他朝包廂四處看了看。他看見尼爾森的皮夾擱在桌上，邊上就是那個開著的菸盒。他看見了那隻耳朵。

「這是真的耳朵？」卡其說。

班尼說，「是真的。把耳朵拿給他看看，尼爾森。尼爾森帶著這隻耳朵從越南回來，剛下飛機。這隻耳朵足足繞了半個地球，今晚才來到這張桌子上。尼爾森，拿給他看啊，」班尼說。

尼爾森拿起菸盒遞給卡其。

卡其仔細查看那隻耳朵。他拎起鑰匙鍊，把那隻耳朵拿到面前晃了晃。他看著它，讓它在鍊子上來回的晃蕩。「這些東西我聽說過，什麼乾燥過的耳朵和『老二』之類的。」

「我從一個越南赤佬身上刮下來的，」尼爾森說。「他反正也是聽不見了。我只是想給自己留個紀念品。」

卡其把耳朵翻個面。

我和多娜準備離席。

「小妞，別走，」尼爾森說。

「尼爾森，」班尼說。

卡其現在盯上了尼爾森。我拿著多娜的大衣站在包廂旁邊，我的腿在發抖。

尼爾森拉高了嗓門，他說，「妳要跟這混蛋走，妳要讓他上妳，你們兩個得先問過我才行。」

我們開始離開包廂，客人都在看。

「尼爾森今天早上才剛從越南飛回來，」我聽見班尼在說。「我們喝了一整天的酒。最長最長的一天，算是破紀錄了。不過我跟他，我們沒事兒，卡其。」

尼爾森大吼大叫的聲音蓋過了音樂。他吼著，「不行就是不行！不管怎麼說都沒用，沒救了！」這些話我起先還都聽得見，後來就聽不見了。音樂停了一下，接著又響起來。我們不回頭，繼續走。我們走到外面，走上了人行道。

我幫她拉開車門，把車開回醫院。多娜待在位子上不動。她用車上的打火機點上一根菸，不說話。

我努力找話說。我說，「多娜，別多想了，沒必要為那件事心煩。發生那種事，我覺得很抱歉，」我說。

「那些錢對我很有用，」多娜說。「我想的是這個。」

我繼續開我的車不去看她。

「真的，」她說。「那些錢對我真的很有用。」她搖搖頭。「我不知道，」她說。

她下巴一低哭了起來。

「別哭了，」我說。

「我不會去上班了，明天，今天，鬧鐘隨它去響吧，」她說。「我不會再去了，我要離開這個城市。剛才發生的那件事，我就當作是一個徵兆。」她把車上的打火機往裡推，再等它彈出來。

我把車停在我自己的車子旁邊，熄了引擎。我看著後照鏡，有些擔心會看到那輛老舊的克萊斯勒跟在我後面開進停車場，車裡坐著尼爾森。我兩隻手繼續把著方向盤待了一會兒，才垂下來擱到腿上。我不想碰多娜。那晚在廚房裡的擁抱，剛才在外百老匯的親吻，全都過去了。

我說，「妳打算怎麼辦？」其實我一點也不在乎。就算這一刻她忽然心臟病死掉，我也不覺得怎樣。

「也許我會去波特蘭吧，」她說。「波特蘭應該有些名堂。最近波特蘭好像很熱門，人人都想去。波特蘭成了大焦點。波特蘭這，波特蘭那的。波特蘭跟其他地方還不都是一個樣。哪會有什麼特別的。」

「多娜，」我說，「我得走了。」

我走下車，關上車門後，大燈亮了。

「拜託，把大燈關掉！」

我加快速度。「晚安，多娜，」我說。

我任由她呆呆的瞪著儀表板。我開始發動自己的車子，開亮大燈，按下排檔，催落油門。

我倒了杯威士忌，喝了一口，拿著酒杯進洗澡間。我刷完牙，拉開一只抽屜。派蒂在臥室裡不知道鬼叫些什麼。她過來打開洗澡間的門。她仍舊穿得很整齊，八成是沒脫衣服就睡了，我猜。

「幾點啦？」她尖叫著。「我睡過頭了啦！天哪，喔，天哪！我讓自己睡過頭了啦，真是該死！」

她簡直亢奮得不得了。她穿著整齊的站在門口，擺出一副準備上班的樣子。可是這裡既沒有樣品盒，也沒有維他命，她只不過是在作噩夢罷了。接著，她開始左左右右的甩著頭。

今天晚上我已經忍受到了一個極限。「回去睡覺，親愛的。我在找東西，」我說。藥櫃裡有些東西被我碰了出來，滾到水槽裡。「阿司匹靈呢？」我說。我又碰倒了一些東西。我不管。東西不斷不斷的掉下來。

7 小心

經過多次交談——他太太伊妮絲口中所謂的評估——之後，勞埃搬離了原來的房子，出去一個人住。那地方是一棟三層樓的屋子，他住頂樓，一共兩間房，一間浴室。屋頂傾斜得很厲害，他在房裡走動的時候都得低著頭，還必須彎腰看窗外，上下床鋪也得小心翼翼。有兩把鑰匙。一把鑰匙是讓他進這棟樓的：進來之後先爬幾層樓梯上到平台，再由平台爬幾層樓梯到他房間門口，用另外那把鑰匙開門鎖。

有一次，他下午抱了一個大紙袋回來，紙袋裡裝著三瓶安德烈香檳和一些午餐的肉食，他停在平台上，朝房東太太的客廳張望。他瞧見那老女人平躺在地毯上，似乎睡著了。忽然一個念頭出現，她會不會死了。可是電視還開著，所以他選擇相信她大概睡著了。一時之間他不知道到底該怎麼解讀。他把大紙袋從這手換到那手的捧著。就在這時候那女人小小的咳了一聲，一隻手往身邊移了移，又再回歸到先前動也不動的姿態。勞埃繼續上樓開了門鎖。那天稍晚，將近黃昏，他從廚房窗口往外看，看見那老女人在院子裡，戴著草帽，一手扠著腰，正拿著小水壺在澆三色紫羅蘭。

他的廚房裡，有一台二合一的冰箱加爐灶。這台二合一體積很小，就擠在水槽和牆壁之間。要從冰箱拿東西出來，他必須先彎下腰，幾乎蹲到地上才行。這也還好，反正他放的東西不多——不外乎就是果汁、午餐的肉食和香檳。上層的爐子有兩個爐心。他偶爾在煮鍋裡燒一點水沖泡即溶咖啡。不過他經常沒喝咖啡；不是忘了喝，就是不想喝。有一次早上醒來，他直接就吃甜甜圈配香檳。在過去，應該有好些年了，這種吃法肯定會被他笑死。現在，他似乎也不覺得有什麼不正常。事實上，他壓根就沒想過這事，只有在上了床慢慢回想這一整天幹了些什麼的時候，才會從早上起床開始回想。最先，他總是什麼也想不起來。慢慢的，才會想起吃甜甜圈喝香檳的事。剛開始他認為這件事有些小瘋狂，值得跟朋友提一提。之後，他愈想愈覺得這也沒什麼大不了。他確實把甜甜圈和香檳當早餐吃。那又怎樣？

附帶家具的兩個房間裡，他有一套餐桌椅，一張小沙發，一把舊的安樂椅，還有一台擱在咖啡桌上的電視。他不用付電費，連電視也不是他的，有時候他就讓電視白天黑夜的開著。他把音量開得很小，除非看到某個特別想看的東西。他沒有電話，這對他很合適，他不需要電話。臥室裡有一張雙人床，一個床頭櫃，一個五斗櫃，一間衛浴。

伊妮絲來過一次，那次是在上午十一點。他搬到這個新家已經兩個禮拜，心裡直想著不知道她會不會趁便過來看看他。當時他還在努力對付酗酒的問題，所以很樂意一個人住。這一點他表達得很清楚——眼前他最需要的就是獨處。她來的那天，他坐在沙發上，穿著睡衣，用拳頭猛敲自己的腦袋。就在拳頭又要敲下去的時候，他聽見樓梯口的平台上有說話的聲音。他聽得出是他太太的聲音。那聲音聽起來像是從遠處人群中傳來的喃喃低語，可是他知道那是伊妮絲，而且有預感她這次來是有要緊的事。他再度拿拳頭用力敲了一記腦袋，站了起來。

那天早上他醒來，發現耳朵被耳屎給封住了，不但聽不清楚，甚至連平衡感也不對了，站都站不穩。整整一個小時，他就坐在沙發上，無奈又無助的跟他的耳朵拚命，不時的用拳頭猛敲自己右側的頭，間或按摩一下耳朵下方的軟骨，拉扯一下耳垂，再用小手指往耳朵裡狂挖，還像模仿打呵欠似的，拚命張大嘴。能想的法子他統統試過，現在已經技窮了。他聽見樓下喃喃的聲音停了下來。他再使勁的敲了一記腦袋，把杯子裡的香檳喝完，接著關掉電視，把杯子放進水槽裡，拿起工作台上那瓶開過的香檳，帶進洗澡間，藏到馬桶後面，然後走去應門。

「嗨，勞埃，」伊妮絲說。她臉上沒有笑容。她站在門口穿著一身亮眼的春裝。這身衣服他沒見過。她提著一個帆布包，包包兩邊都縫著向日葵的花飾。這個包包他也沒見過。

「我沒想到你聽見我了，」她說。「我還以為你可能出去了或什麼的。樓下那個女的——叫什麼來著？麥修太太——她覺得你好像在家。」

「我聽見妳的聲音，」勞埃說。「只是聽不大清楚。」他拉拉睡衣，順了順頭髮。「我現在的樣子實在很邋遢。進來吧。」

「現在十一點了，」她說。她走進來帶上門，一副完全沒聽見他說話的樣子，也許她真沒聽見。

「我知道現在幾點，」他說。「我早就起來了，八點就起來了，我還看了一點『今天秀』⑪呢。只是這會兒我簡直快瘋掉了，我的耳朵塞住了。之前也有過一次，妳記得吧？就是我們住在那間中國外賣小餐館附近的時候。兩個孩子看見那隻拖著狗鍊的牛頭犬那次？當時我不得不去看醫生，把耳朵整個掏乾淨。妳一定記得。是妳開車送我去

⑪ 美國在一九五二年開播，最高收視率的晨間電視節目，內容有新聞和脫口秀。

的，我們還在醫生那兒等了好久好久。現在我就很像那一次，我是說像那次一樣糟。唯一不同的是，今天早上我沒辦法去看醫生，主要是這裡沒有熟的醫生。我快瘋掉了，伊妮絲，我簡直就想把腦袋砍了。」

他坐在沙發這頭，她坐在另外那頭。這是張小沙發，所以兩個人還是靠得很近，近到他伸手就能碰到她的膝蓋，只是他並沒有這麼做。她的視線繞著屋子轉了一圈，最後再回到他身上。他知道他沒刮鬍子，頭上怒髮衝冠。但她是他的老婆，他全身上下她都一清二楚，哪有什麼不知道的。

「你試過些什麼法子？」她說，同時翻著包包，抽出一根菸。「我是說，到目前為止，你是怎麼處理的？」

「妳說什麼？」他把頭向左側對著她。「伊妮絲，我發誓，我一點都沒有誇張。這玩意真的快把我逼瘋了。我說話的時候，好像悶在一只大木桶裡。我的腦袋一直轟隆隆的響，我什麼也聽不清楚。妳說話的聲音，就像是從一根鉛管裡傳出來似的。」

「你有棉花棒嗎，或是威森沙拉油什麼的？」伊妮絲說。

「親愛的，別鬧了，」他說。「我沒有棉花棒，也沒有什麼威森沙拉油。妳是在開玩笑嗎？」

「如果有沙拉油，我可以把它加熱了滴幾滴進去。我媽過去常這麼做，」她說。

「那可以讓堵在耳朵裡的東西軟化一些。」

他搖頭。他的腦袋裡像是裝滿了液體，滿得都快溢出來了。這種感覺很像從前他在市立游泳池裡潛泳，從池底上來的時候兩隻耳朵都進水的情形。當時很容易把水清掉。他只要讓肺裡灌足了空氣，閉上嘴，捏緊鼻子，鼓起腮幫，把空氣整個逼進腦袋。這時候耳朵會開始發脹，不過幾秒鐘，那水就從腦袋裡奔流而出，全部滴到肩膀上，感覺通體舒暢。然後他就輕輕鬆鬆的把自己拔出水面，離開泳池。

伊妮絲抽完菸，熄了菸蒂。「勞埃，我們有很多事情要談。我想一次一件分開來說。去坐在那張椅子上。不是那張，是廚房裡的那張！那邊光線好，看起來明亮些。」

他又狠狠的敲了一記腦袋，走過去坐到餐椅上。她過來站到他身後，用手指摸著他的頭髮，幫他把耳朵邊的髮絲理開。他想探她的手，她卻把手抽走了。

「你說哪隻耳朵？」她說。

「右耳，」他說。「右邊這隻。」

「首先，」她說。「坐著別動。我去找一根髮夾和幾張面紙。我先用這個伸進去試試看，說不定有效。」

一想到她要把髮夾放進他的耳朵裡，他就慌張起來。他胡亂的嘀咕了幾句。

「什麼？」她說。「老天，連我也聽不見了。這還真會傳染咧。」

「小時候，在我們學校，」勞埃說，「有一個衛教老師。她應該也是個護士吧。她說，我們絕對不可以把任何小過一隻手肘的東西塞進耳朵裡。」他依稀還記得那張掛圖，上面畫著好大一隻耳朵的結構圖，有半規管、耳道，耳壁之類各種複雜的系統。

「說得好，你們那位護士從來沒碰過這種實際的問題，」伊妮絲說。「不管怎樣，我們總要試試看。先試試這個。如果行不通，再換別的。這不就是人生嗎？」

「妳這話裡暗藏了什麼玄機嗎？」勞埃說。

「我說這話就一個意思。你愛怎麼想隨你。我的意思是，這是一個自由的國家，」她說。「好了，我要去找我要的東西了。你就在這兒坐著。」

她翻遍整個包包，找不到她要的東西。最後，她把包包裡的物件整個倒在沙發上。「居然沒有髮夾，」她說。「要命。」這聲音彷彿來自另外一個房間。甚至，他以為只是出於自己的想像，想像她在說話，其實並沒有。有一陣子，也是很久以前了，他們兩個常常覺得彼此有感應對方心思的超感能力。只要一個人說了前半句，另外一個就能接下後半句，正確的把話說完。

她拿起指甲刀撥撥弄弄，一會兒之後，他瞧見那小玩意在她手上分了家，這一半跟那一半轉開了。銼指甲的小銼刀從鉗子中間杵了出來。這看在他眼裡就彷彿她手裡握著一把小匕首。

「妳要把那個東西塞進我的耳朵？」他說。

「除非你有更好的主意，」她說。「現在只有這個，我想不出別的了。或者你有鉛筆？你要我用鉛筆嗎？再不螺絲起子也行，」她大笑著說。「放心吧，勞埃，我不會傷到你的啦。我說過我會很小心。我會在尖頭上裹一些面紙，那樣就沒問題了。我會很小心，我說過的。你就待在這兒，等我去拿一些面紙。我來做一個替代棉花棒。」

她進去洗澡間，暫時看不見她的人影了。他乖乖的坐在餐椅上，開始動腦筋該怎麼跟她解釋。他想告訴她現在他只有喝香檳而已，他想告訴她現在甚至連香檳也只是淺嚐而已，遲早一定會戒掉的。可是等她走回房間，他卻一句話也說不出口。他不知道該從哪裡開始，而她根本沒在看他。她從剛才倒在沙發墊上的物品裡搜出一根菸，拿打火機把菸點著了，走向面對大街的窗口站著。她在說話，可他一個字也聽不清。她停止不說了，他沒問她究竟在說什麼。不管她說的是什麼，他都不想再聽她說一遍。她捻熄了香菸，人卻繼續站在窗口，身子往前傾，向下傾斜的屋頂離她的頭不到幾吋。

次。

「伊妮絲，」他說。

她轉身走向他。他看得見裹在銼刀尖的面紙。

「把頭朝這一邊，保持這個姿勢，」她說。「對。坐好了別動。別動，」她再說一次。

「要小心啊，」他說。「看在上帝的分上。」

她不答腔。

「拜託，千萬拜託，」他說完這句就不再說話了。他很害怕。他感覺到指甲銼刀穿進了他的內耳，開始往裡面探索。他閉起眼睛，屏住呼吸，確定他的心臟就要停止跳動了。這時她探得更深了一些，而且前前後後的轉動著刀刃，開始對付塞在裡面的東西。忽然他聽見耳朵裡面發出很尖銳的一聲。

「啊喲！」他說。

「我弄痛你了？」她趕緊抽出指甲銼刀，往後退一步。「感覺跟剛才有沒有什麼不一樣，勞埃？」

他兩手搗住耳朵，低下頭。

「完全一樣，」他說。

她咬著嘴唇，看著他。

「我要上廁所，」他說。「不管還要不要弄，我非上廁所不可了。」

「去吧，」伊妮絲說。「我想下樓去問問你那位房東太太有沒有威森沙拉油之類的東西，說不定她有棉花棒。剛才我怎麼會沒想到呢，早該去問問她。」

「好主意，」他說。「我要去廁所了。」

她停在房門口看了看他，隨即開門走出去。他穿過客廳走進臥室，推開洗澡間的門。他搆到馬桶後面起出那瓶香檳，灌了一大口。香檳溫溫熱熱的，可是喝得很順。他又喝了幾口。剛開始，他認為自己只要有限度的喝一點點香檳，就算持續的喝，應該也不成問題。可是沒多久，他就發現自己一天居然要喝上三四瓶。他知道他很快就得應付這個新出現的問題了。不過首先，他得恢復聽力。一次解決一件事，正如她說的。他喝光了剩餘的香檳，把空瓶子放回馬桶後面，放水刷牙，用毛巾擦完臉，再回到廚房。

伊妮絲已經回來了，正在爐子邊上用小鍋子熱著什麼東西。她朝他的方向瞥了一眼，沒說話。他越過她的肩膀往窗外看。一隻鳥從一棵樹飛到另一棵樹上，啄理著自己的羽毛。這鳥有沒有發出聲音，他可是一點也聽不見。

這時她說話了，但他聽不見。

「再說一遍，」他說。

她搖搖頭，背轉身向著爐子。忽然她又回轉身來，這次說得很慢也很大聲，他聽得很清楚。「我在廁所裡發現你的存貨了。」

「我正在減量，」他說。

她又說了幾句。「什麼？」他說。「妳在說什麼？」他真的沒聽見。

「待會兒再說吧，」她說。「我們有很多事情要討論，勞埃。錢是其中一項。另外還有別的。現在最要緊的是對付這隻耳朵。」她把手指伸進小鍋子裡，接著把鍋子從爐子上移開。「先讓它涼一下，」她說。「現在太燙了。坐下。把這條毛巾圍在肩膀上。」

他照著她的話做。他坐上椅子，拿毛巾圍著脖子和肩膀，一面又用拳頭敲了敲腦袋。

「真要命，」他說。

她沒抬頭，只是再次把手指探進鍋子裡，試了試，再把鍋子裡的液體倒進他那只塑膠杯裡。她拿起杯子走到他面前。

「不要怕，」她說。「這只是房東太太給的一點嬰兒油。我把你的問題跟她說了，她認為這個可能管用。沒掛保證，」伊妮絲說。「不過至少可以讓裡面的東西稍微鬆動一些。她說她先生以前常常會這樣。她說有一次她親眼看見一大塊耳屎從他耳朵裡掉出來，簡直就像個大瓶塞似的。不是別的，就是耳屎。她說就用這個試試。她沒有棉花棒，這點倒是令我很意外。」

「好吧，」他說。「好吧。我什麼都願意試試看。伊妮絲，如果一直這樣下去，我寧願死了算了。妳明白嗎？我是說真的，伊妮絲。」

「現在盡量把頭歪過去，」她說。「別動。我要把這個灌進去，把耳朵整個灌滿，然後我會拿這塊洗碗巾塞住它。你只要坐在這裡十分鐘左右。到時候我們再看看。如果還是不行，那，我就真的沒轍了。我也不知道該怎麼辦了。」

「這次鐵定行的，」他說。「如果還不行，我就找把槍來一槍斃了自己。我是說真的，我就是打算這麼做。」

他把頭整個側向一邊。他就用這全新的視野看著屋子裡的東西，結果卻跟原來的視野沒什麼不同，除了每樣東西也都一面倒之外。

「再歪一點，」她說。他一面抓住椅子保持平衡，一面把頭側得更低。現在他看到的東西，他生命中所有的東西，似乎，都退到房間最遠的一頭去了。他感覺到溫熱的液體灌進了他的耳朵，然後她拿洗碗巾堵住了耳孔。過了一會兒，她開始按摩他耳朵周圍的區塊。她按壓著他下顎骨和頭顱中間那一小塊柔軟的部分，手指慢慢移到了他耳朵的上方，指尖在那個區塊來回的揉著。又過了一會，他也不知道自己到底坐了多久，可能有十分鐘，也可能更久。他仍舊抓著椅子。她的手指不時壓著他的腦袋一側，他能夠感覺到她剛才注入的那些溫熱的油在他耳道裡來回流動。她這樣擠壓的時候，他似乎覺得他聽見了自己的腦袋裡有一種輕柔的颼颼聲。

「坐直了，」伊妮絲說。他坐直了，液體從耳朵裡流了出來，他用手掌按著頭。她把流出來的油接在毛巾裡，再把他耳朵外面擦乾淨。

伊妮絲用鼻子在呼吸。勞埃聽見她的呼吸聲，一進一出。他聽見有輛車子在屋外的街道上開過，這棟屋子後面，在他的廚房窗子底下，大剪刀喀嚓喀嚓修剪樹枝的聲音清清楚楚。「怎麼樣？」伊妮絲說。她兩手按著屁股，皺著眉頭等答案。

「我聽得見妳說話了，」他說。「我好了！我是說，我聽見了。妳的聲音不再像是在水底說話的樣子。現在沒事了，都好了。天哪，剛才那陣子我真以為我要發瘋了。現在好了，我什麼都能聽見了。親愛的，我來泡咖啡，也有果汁。」

「我要走了，」她說。「我還有事，不過我還會來。找個時間一起出去吃個午飯吧。我們需要好好談一談。」

「我不能再老是把頭側這一邊睡覺就對了，」他繼續說著，跟著她走進客廳。她點起一根菸。「事情就是這麼來的。昨晚一整夜我的頭都側到這一邊睡，結果這隻耳朵就堵住了。我只要記住別再把頭歪到這一邊睡就沒事了，只要自己小心一點，妳明白我的意思嗎？我只要仰著睡，或者往左邊側著睡。」

她不看他。

「也不是永遠這樣啦，當然，我知道。我也辦不到，我不可能下半輩子都這樣。不過這一陣子而已。往左邊側睡，或者平躺。」

他嘴裡還在說，心裡卻已經在害怕夜晚的來臨。一想到上床睡覺前的準備動作和之後可能會發生的事情，他便開始恐懼。雖然離夜晚還有好幾個小時，但他已經在擔心在害怕。萬一，到了半夜，他不經意的翻身側到右邊，整顆頭的重量壓著枕頭，於是耳屎又再度封住了耳朵裡那些黑暗的管道，那該怎麼辦？萬一他醒過來，天花板那麼低，壓著他的頭，而他又聽不見了，該怎麼辦？

「我的天哪，」他說。「這太可怕了。伊妮絲，我簡直像作了一場噩夢。伊妮絲，妳一定要走嗎？妳要去哪裡啊？」

「我不是說了嘛，」她說。她把所有的東西塞回包包裡，準備動身。她看了看手錶。「我還有事，都已經嫌晚了。」她走向房門。臨到門口，又轉身對他說了句什麼。他沒在聽。他不想聽。他看著她的嘴不停的動，一直動到講完為止。講完之後，她說了聲「再見。」她打開門，再隨手把門帶上。

他進臥室去換衣服，才穿上褲子就又急匆匆的跑出來，趕到門口。他打開門站在那兒，仔細的聽。他聽見樓梯間的平台上，伊妮絲正在向麥修太太道謝。他聽見那老女人說「不客氣」，接著，他聽見她又把他和她死去的丈夫牽扯在一起。他聽見她說，「妳留個電話給我，萬一有事我就打給妳。世事難料啊。」

「希望不會有萬一，」伊妮絲說。「不過我還是會留個電話，妳有紙嗎，我好寫下來？」

勞埃聽見麥修太太打開抽屜，一陣亂翻。接著老女人的聲音說，「有了。」

伊妮絲把他們家的電話給了她。「謝謝，」她說。

「很高興認識妳，」麥修太太說。

他聽見伊妮絲走下樓梯打開大門，又聽見門關上。他繼續等，等到聽見她發動車子，把車開走。他這才關起房門，回到臥室，把該穿的衣服全部穿完。

他穿上鞋子，繫好鞋帶，躺上床，拉起被子蓋到下巴。他把手臂也蓋在被子底下，分別平放在身子兩邊，然後他閉起眼睛，假裝現在就是晚上，假裝他睡著了。他把手臂抬起來，交叉在胸前，看看這個姿勢合不合適。在嘗試的過程裡，他的眼睛始終閉著。沒問題，他想著。可以。如果他不想再讓那隻耳朵堵住，就必須像這樣平躺。他知道他可以做到。只是他不可以忘記，即使睡著了，也不可以轉錯邊。反正，他一個晚上只要睡四五個小時。他做得到的。一個人總會碰上一些倒楣事，某種程度上來說，這也是一種挑戰。他挺得住，他有信心。於是他立刻掀開被子，起身下床。

他仍舊有大半個白天可以好好的過。他進廚房，哈著腰，站在小冰箱前面，取出一瓶未開封的香檳。他非常小心的拔掉塑膠瓶塞，但還是迸出代表歡樂喜慶的啪一聲。他把塑膠杯裡的嬰兒油沖洗乾淨，倒了滿滿一杯香檳。他拿著杯子走到沙發坐下，把杯子放在咖啡桌上，兩條腿也順勢上了咖啡桌，架在香檳酒旁邊，然後往沙發背上一靠。過了不久，他又為即將來臨的夜晚擔心起來。萬一，他盡了全力，結果耳屎卻決定去堵住他另外那隻耳朵，那該怎麼辦？他閉上眼，甩甩頭，馬上起身走去臥室。他脫下衣服換上睡衣，再回到客廳。他又坐回沙發，再把腳擱上咖啡桌。他伸手開了電視，調整好音量。他知道他沒辦法不去想待會兒上床睡覺可能發生的事。往後在生活上，他勢必要跟它和平共存了。就某種程度來說，這整件事倒讓他聯想起了甜甜圈和香檳。其實再想想，這也沒什麼大不了的。他喝了口香檳，味道不對。他用舌頭舔舔嘴唇，再用袖子擦了擦嘴。他看看杯子，看見香檳上浮了薄薄一層嬰兒油。

他起身把杯子拿到水槽，把酒倒進排水口。他拿著整瓶香檳進客廳，舒舒服服的往沙發上一坐。他舉起瓶頸，直接對著瓶口喝了起來。他沒有對著酒瓶喝酒的習慣，可是現在似乎也不覺得有什麼反常。他想，就算現在還是下午，他大白天的在沙發上睡著了，也不見得會比非要一連幾個小時平躺著的人來得怪。他低下頭瞄向窗外。從太陽光的角度，和投射進房間裡的陰影判斷，他猜想現在大約是下午三點。

8 我在這裡打電話

我和傑披在法蘭克．馬丁戒酒中心的前門廊。就像其他那些在法蘭克．馬丁這裡的人一樣，傑披是個標準的酒鬼，但他也是一名掃煙囪的清潔工。這是他第一次來這兒，他很害怕。我來過一次了。該怎麼說呢？我回鍋了。傑披的全名其實叫做傑歐．披尼，可是他堅持要我簡稱他的名字，叫他傑披。他三十歲左右，比我年輕。其實也沒年輕太多，一點點而已。他正起勁的在跟我說他當初是怎麼踏進這一行的。他說話的時候手勢很多，手抖得厲害。我的意思是，兩隻手安靜不下來。「以前從來沒這樣子過，」他說。他指的是手抖這件事。我跟他說我很同情他。我還跟他說這抖慢慢會退的，會好的，只是需要時間。

我們來這裡不過兩三天，還沒有脫離危險期。傑披手會抖，而我呢，肩膀上有一根神經——也許不是什麼神經，也許是別的毛病——會經常的抽那麼一下。有時候是在脖子一邊。要發作的時候，我的嘴特別乾；每次只要拚命的乾吞，我就知道不對了。我好想制止它，好想躲起來不讓它上身，我真的就想這樣：只管閉上眼睛，讓它通過，讓它去找下一個人。傑披可以再等等。

昨天早上我親眼目睹了一場酒癮發作。一個人稱「小小」的傢伙，是從聖塔羅莎來的電工，大肥仔一個。他們說他已經來了快兩個星期，早過了撞牆期。再一兩天他就可以回家了，可以跟他老婆一起看電視過新年了。小小計畫在除夕那天吃餅乾喝熱巧克力。昨天早上他下來吃早飯的時候看起來還好。他不斷呱呱呱的出著怪聲，正在向一個傢伙表現他招引鴨子的絕招。「砰，砰，」他還假裝開了兩槍。小小的頭髮濕濕的，沿著腦袋兩邊滑亮的往後梳。他剛剛洗過澡，下巴也給剃刀刮破了。那算得了什麼？在法蘭克．馬丁這裡，幾乎人人臉上都有刮痕。這太稀鬆平常了。小小慢慢擠到桌首，開始大談某次在拚酒的場子裡發生的事情。桌上的人一面舀著蛋吃，一面搖頭大笑。小小有說有笑，眼光還不時的掃過全桌，徵求其他人的認同。我們這票人什麼瘋狂的壞事沒幹過，所以，想當然的，大家簡直樂翻了。小小的盤子裡有炒蛋、餅乾和蜂蜜。我也在餐桌前，可是我不餓。我面前擺了杯咖啡。忽然，小小的人不見了。他啪搭一聲從椅子上翻了過去，仰面倒在地板上，兩眼緊閉，腳跟猛踹著地上。大夥急著喊法蘭克．馬丁，所幸他就在現場。幾個傢伙蹲到小小身邊。有一個傢伙把手指伸進小小的嘴巴，努力抓住他的舌頭。法蘭克．馬丁吼著，「大家往後站！」這時我才發現我們一堆人都居高臨下的圍著小小，就這麼看著他，誰也沒法轉移視線。「給他點空氣！」法蘭克．馬丁說。接著他立刻奔進辦公室，打電話叫救護車。

今天小小又來報到了，回來休養生息。是早上法蘭克．馬丁親自開著休旅車去醫院接他的。小小回來晚了些，吃不到炒蛋了，他端著咖啡進餐廳，在餐桌邊坐下來。廚房裡的人特別給他烤了份吐司，但是小小不吃。他只是坐著，看著杯子裡的咖啡，不時的把面前的咖啡杯來回的轉兩下。

我很想問他在發作之前有沒有任何訊號。我很想知道，他有沒有感覺到他那顆跳啊跳的心臟忽然漏了一拍，還是加快了好幾倍。他的眼皮會抽動嗎？結果我什麼也沒問。他看起來並不熱中談這件事。不過，發生在小小身上的這件事令我永遠也忘不了——這老小子仰面躺在地上，腳跟猛踹的模樣。所以每當我的小抽搐忽然出現，我就會吸口氣，等著自己癱倒在地上，兩眼往上翻，看著人家把手指頭塞進我的嘴巴裡。

傑披坐在前門廊的椅子上，兩手擱在腿上。我抽著菸，用一只炭桶充當菸灰缸。我聽著傑披說些有的沒的。現在是上午十一點——離午餐還有一個半小時。我們倆誰也不餓，只是都想進去裡面坐上餐桌。說不定進去坐著就餓了。

傑披到底在扯些什麼呢？他在說他十二歲那年，在老家附近掉到井裡的事。還好那是一口枯井，算他運氣好。「也算是倒楣吧，」他說著看了看四周，搖了搖頭。他說等到後來找到他的時候，已經下午很晚了，他爸爸用繩子把他拉上來。傑披在井底下都嚇得尿了褲子。他在那口井裡受盡驚嚇，不斷的呼喊求救，喊一陣歇一陣，接著再喊。人還沒救上來，他的聲音已經啞了。他告訴我說，那次在井底的經驗帶給他難以磨滅的印象。他坐在底下仰望著井口。望上去，可以看見一圈藍天。每隔一會兒，就會有一朵白雲飄過。一群鳥飛過去，當時傑披覺得就是因為這些鳥兒拚命振動翅膀，才會鬧出這個亂子。他還聽見別的東西。他聽見他頭頂上有細小的沙沙聲，他懷疑是不是有什麼東西掉到頭上了。他想到昆蟲。他聽見風吹過井口，這個聲音也給他留下深刻的印象。簡單的說，自從那天待在井底後，他生命中的一切都變得不一樣了。其實根本沒有東西掉在他頭上，也沒有東西把那一小圈藍色封閉。忽然他父親就帶著繩子來了，再不久，傑披就又回到了他原來生活的世界。

「繼續說，傑披，後來呢？」我說。

他十八九歲的時候高中畢業，人生中沒有什麼特別想做的事，有一天下午，他到小鎮另一邊去看個朋友。這朋友住在一棟有壁爐的房子裡。傑披和朋友坐在那裡喝啤酒閒聊天。他們放了幾張唱片。門鈴響了，朋友去應門，門口站著一個帶著打掃煙囪工具的年輕女人。她戴著一頂大禮帽，見到她這副裝扮，著實令傑披嚇了一跳。她對傑披的朋友說，她是預約好了來打掃壁爐的。朋友鞠著躬讓她進來。年輕女人也不搭理他，逕自在壁爐邊上鋪開一條毯子，把工具攤在上面。她穿著一身黑，黑長褲、黑襯衫、黑鞋黑襪。當然，這時候她已經摘下了帽子。傑披說，光是看著她就快把他逼瘋了。她忙著幹活，打掃煙囪，傑披和朋友照聽唱片照喝啤酒，但是他們一直在注意她，看著她幹活。三不五時的，傑披和朋友還會互看一眼會心一笑，或是眨眨眼。當那年輕女人上半身整個鑽進煙囪的時候，他們兩個人的眉毛同時挑了起來。她長得挺好看的，傑披說。

打掃完了，她把所有的東西捲進毯子裡，然後從傑披的朋友手裡接過一張由他父母開給她的支票。這時她忽然問這朋友要不要親吻她。「聽說會帶來好運的，」她說。傑披聽了一愣。朋友眼珠亂轉，扮了幾個鬼臉，便紅著臉，親了一下她的臉頰。就在那一刻，傑披做了一個決定。他放下啤酒，從沙發上站起來。就在年輕女人要出門的當口，他走了過去。

「我也要，可以嗎？」傑披對她說。

她全身上下掃了他一眼。傑披說，他當時可以感覺到自己的心怦怦跳。年輕女人的名字，他後來終於知道了，叫做蘿克西。

「當然，」蘿克西說。「有什麼不可以？反正我親吻的額度還多著呢。」於是她在他唇上印了一個大大的吻，便轉身走人。

說時遲那時快，傑披跟隨她上了門廊。他為她撐開那扇紗門。他跟著她一起下台階，一起走上車道，她的小貨卡就停在那裡。這一切完全身不由己。世事難料啊。他知道他遇到了一個能夠吸引他、令他兩腿顫抖的人了。他能感覺她的吻還在他唇上發燒，等等等等。傑披昏了頭，什麼頭緒也理不清了。他全身充滿激情，他被激情帶著跑。

他為她拉開貨卡的後車門。他幫她把工具放進去。「謝謝，」她對他說。忽然他衝口而出——他想再見她一面。她願不願意跟他去看場電影？他終於清楚他的人生要做什麼了。他要做她所做的事，他要做一個掃煙囪的人。不過當時他並沒有告訴她。

傑披說她兩手按在嘴唇上，上下打量他。然後她從前座找出一張業務名片，遞給他。她說，「今晚十點以後打這個電話，我們可以聊聊。現在我得走了。」她戴上大禮帽，又摘了下來。她再對傑披看了一眼。八成看得很對眼，因為這次她笑了。他告訴她說她嘴巴邊上有一點點污漬。她登上卡車，按了一聲喇叭，開走了。

「然後呢？」我說。「別停下來，傑披。」

我真的感興趣。不過就算他說有一天決定要去扔馬蹄鐵⑫了，我相信我也會認真的聽下去。

昨晚下過雨，雲層堆積在谷地對面的小山頭上。傑披清了清喉嚨，看著山丘看著雲層。他扯了扯下巴，繼續往下說。

蘿克西開始跟他約會。一點一點的，他逐漸說服她，讓他跟著她一起打工。問題是蘿克西跟她父親和哥哥是合夥的，他們的工作量早都分配好了，不需要其他人加入。再說，這個傑披是誰啊？傑披算老幾啊？小心點，他們警告她。

所以她和傑披一起看了幾場電影，還去跳了幾次舞，不過他們的戀情發展主要還是靠著一起掃煙囪。在不知不覺間，傑披說，他們論及了婚嫁。過不久，他們果然付諸行動，兩個人結婚了。傑披的岳父把他吸收進來，成為正式的合夥人。大約一年後，蘿克

⑫ 類似拋環的一種遊戲。

西有了孩子。她不再做掃煙囪的人。無論如何，她都不幹這個活了。很快的，她又生了個孩子。那時候傑拔才二十五六歲左右，他要買房子了。他說，當時覺得自己的生活很幸福。「我對眼前的一切都很滿意，」他說。「我想要的全都有了。我有我愛的老婆和孩子，我做的也是我這一生最想要做的事。」可是不知道什麼原因——對於我們的所作所為，又有誰真正知道是為了什麼？——總之他開始貪杯。好長一段時間他只喝啤酒。只要是啤酒——隨便什麼牌子都行。他說他可以一天二十四小時的喝。晚上看電視的時候也會喝啤酒。當然，偶爾會喝些烈酒，不過那多半是他們外出，或是有朋友來訪的時候，這種機會不多。不久這一天來了，也不知道怎麼搞的，他就從啤酒換成了琴湯尼。晚餐後，坐在電視機前面，他就會來一點琴湯尼。他手裡總是有一杯琴湯尼，他說他特別喜歡這酒的味道。他開始在下工的路上先喝一杯，回到家再繼續喝。他也開始不太回家吃晚飯。不是乾脆不見人影，就是人回來了卻什麼也不吃，因為他早已經在酒吧裡塞飽了。而有時候他一進門，就莫名其妙的把便當盒往客廳一扔，等到蘿克西吼他的時候，他已經掉頭跑出去了。他把下午喝酒的時間更加提前，甚至提前到還在上工的時候。他告訴我，那段時間他一早起來就要喝上兩杯。在刷牙之前先灌個夠，然後才喝咖啡。他上工帶的午餐袋裡，都放著一個裝滿伏特加的保溫瓶。

傑披停下來，忽然就不吭聲了。怎麼回事？我聽得正起勁呢。聽他說這些，多少可以讓我放輕鬆，可以讓我暫時不去想自己的問題。等了一會兒，我說，「搞什麼嘛？往下說啊，傑披。」他在扯下巴。不過一會兒之後就又開始往下說了。

傑披和蘿克西現在正式開戰了。我的意思是打架。傑披說有一次她用拳頭打他，打斷了他的鼻梁。「你看，」他說，「就在這兒。」他給我看鼻梁骨上一道橫線。「鼻梁斷了。」他回敬了她一拳，把她的肩膀打到脫臼。另外一次他打裂了她的嘴唇。兩個人就當著孩子的面大打出手，情況愈來愈失控。他照樣喝酒，他停不下來，也沒有任何東西可以教他戒酒，甚至連蘿克西的爸爸和哥哥威脅說要揍他也沒用。他們勸蘿克西應該帶著孩子離開他，蘿克西說這是她的問題，她自己捲進去了，就得自己解決。

傑披又沉默了，這次非常安靜。他拱著肩膀，縮進椅子裡。他看著一輛車在我們這裡和小山丘中間的馬路上疾駛。

我說，「我還想聽後半段，傑披。你就繼續說吧。」

「我也不知道，」他說，聳聳肩膀。

「沒關係，」我說。我的意思是儘管說出來沒關係。「說吧，傑披。」

她解決問題的方法之一，傑披說，是找一個男朋友。傑披真的想知道，她怎麼有辦法在繁忙的家事和孩子中間擠出空檔來。

我看著他，我太驚訝了，他是個成年人耶。「如果你有心這麼做，」我說，「當然擠得出時間。有沒有時間就看你啊。」

傑披搖了搖頭。「應該是吧，」他說。

總之，他發現了這件事——蘿克西的男朋友——他抓狂了。他想辦法把蘿克西的結婚戒指從她手指上卸下來，用一把剪鐵絲的鉗子把戒指剪成好幾截。太好了，爽爆了。他為此當場喝了好幾杯。第二天早晨上工的路上，他因為酒駕遭到逮捕，吊銷了駕照，他不能再開著卡車上工了。也好，他說。就在一個星期前，他才從屋頂上栽下來，摔斷了拇指。摔斷脖子也是指日可待的事，他說。

他來法蘭克．馬丁這裡，一方面戒酒，一方面思考如何讓他的生活重新步上軌道。跟我一樣，他也不是被強迫進來的。我們沒有被鎖住，想離開隨時都可以。不過最少要待足一個禮拜，至於兩週以上或是一個月，照他們的說法，是「強烈的建議」。

我說過，這是我第二次來法蘭克．馬丁戒酒中心。我準備簽支票繳交居留一星期的費用時，法蘭克．馬丁說，「放假日子很難熬的。你這次要不要考慮多待些時間？譬如兩個禮拜。兩個禮拜還可以嗎？考慮一下吧。用不著馬上做決定，」他說。他用拇指按著那張支票，我簽下名字，然後我送我女朋友到大門口說再見。「再見，」她說，她歪歪倒倒的撞上門柱，蹣跚地走上門廊。那時正接近向晚時分，外頭下著雨。我從門口走到窗前，撩開窗簾看著她把車開走。她坐著我的車。她喝醉了，我也喝醉了，我什麼忙也幫不上。我好不容易挨到緊靠著暖氣爐的一張大椅子，坐了下來。有幾個在看電視的傢伙抬起頭看看我，馬上又回頭繼續看他們的電視。我只是坐在那裡。偶爾抬頭對著螢幕上的畫面看一眼。

更晚一點的時候，大門砰的打開，傑披進來了，夾在兩個大漢中間——他的岳父和大舅子，這是後來我才知道的。他們架著傑披穿過屋子。老傢伙幫他登記入院，簽了張支票給法蘭克．馬丁。他們倆再扶著傑披上樓。我猜想他們應該會直接把他扔在床上。很快的，那老的和另外那個傢伙就下樓朝著大門走去。看他們的樣子，似乎還嫌走得不夠快，就好像恨不得立刻撒手不管這檔子事。我不怪他們，真的不怪。如果換成是我，我也不知道該怎麼辦。

過了一天半之後，我和傑披在前門廊碰了面。我們握手寒暄。傑披有手抖的毛病。我們坐下來，把腳架在欄杆上，身子往後靠，副悠閒自在，好像隨時可以打開話匣子，聊聊我們家獵犬的樣子。也就是在這時候，傑披說起了他的過往。

天氣有點冷，又不算太冷。陰沉沉的。法蘭克．馬丁到外面來抽雪茄。他穿著毛衣，鈕子全扣上了。法蘭克．馬丁五短身材，一頭捲捲的灰髮，頭很小。他的頭小到跟身體其餘的部分完全不成比例。法蘭克．馬丁把雪茄叼在嘴裡，兩條胳臂橫抱在胸前。他嘴裡轉著那根雪茄，眼望著山谷，像個職業拳擊手似的站在那裡，像一個對一切都了然於心的人物。

傑披又安靜了。我是說，他幾乎連呼吸都沒了。我把香菸扔進炭桶，緊緊的瞪著傑披，他整個人在椅子裡更加往下縮。傑披拉起了衣領。究竟在搞什麼啊？我真不明白。法蘭克．馬丁鬆開胳臂，抽了一大口雪茄。他讓煙氣慢慢的從嘴裡吐出來。朝小山丘那邊抬了抬下巴說，「傑克．倫敦⑬曾經在山谷的那一邊有一塊很大的地。就在你們看的那片綠色山丘後面。可惜酒精害死了他。就把這事給你們當個教訓吧。他是個了不起的人，我們誰也比不上他。可是，他也對付不了這玩意兒。」法蘭克．馬丁看著那根剩下不多的雪茄，它已經滅了。他把雪茄扔進桶子裡。「你們兩個要不要趁這段時間讀一點東西，看看他的書，《野性的呼喚》。你們知道我說的這本書嗎？如果想看，我們屋裡就有。內容講的是關於一隻半狼半狗的動物。「布道結束了，」他說，他把褲子往上提了提，再把毛衣往下拽。「我要進去了，」他說。「午餐時候見。」

「每當他在場的時候，我就覺得自己像隻臭蟲，」傑披說。「他讓我覺得自己是隻臭蟲。」傑披搖著頭。接著他又說，「傑克．倫敦。這名字太帥了！我真希望我也能有這樣一個名字，把我現在的名字換掉。」

第一次是我太太帶我過來的。那時候我們兩個還在一起，正在努力想辦法磨合。她帶我過來這裡，並且留下來和法蘭克．馬丁私下會談了一兩個小時才走。第二天早上，法蘭克．馬丁把我拉到一邊說，「我們可以幫你。只要你有這個意願，願意聽我們的話。」我不知道他們到底幫不幫得了我。有一部分的我確實有這個意願，問題是我還有另外一部分。

這次，是我女朋友開車送我過來的。她開著我的車。我們穿過一場暴風雨。我們一路上喝香檳。她把車停在車道上的時候，我們兩個全喝醉了。她本來打算放下我掉頭就

⑬ Jack London, 1876—1916，最早光靠寫作致富的美國作家之一，作品有《野性的呼喚》、《海狼》等。

走，她還有事情要做。其中一件就是，第二天她得去上班。她是個祕書。她在那家電子零件公司裡有一份還不錯的工作。她還有一個十來歲，「愛雞婆」的兒子。我要她在鎮上先找一間房，住一宿，再開回家。我不知道她有沒有照我的話做。自從那天她把我帶上台階，陪我走進法蘭克．馬丁的辦公室，說了一句「猜誰來了」之後，我就再沒聽過她的消息。

我不氣她。第一，在我太太叫我滾蛋之後，在她說我可以跟她一起住的時候，她根本不知道會給自己惹來什麼麻煩。我很替她難過。我難過的理由是，在聖誕節前一天，她的子宮頸抹片檢驗結果出來了，消息不太好。她必須回診，而且要快。這種消息給我們充分的理由大開酒戒。我們理所當然的喝它個不醉不休。聖誕節當天我們還在醉酒。她不想做飯，我們只好去飯館吃。我們兩個加上她那個愛雞婆的兒子打開了幾包聖誕禮物之後，就一起去公寓附近的那間牛排館。我不餓，只點了湯和一個熱麵包。我拿湯配酒，喝了一整瓶葡萄酒。她也喝了一些。接著，我們又開始喝血腥瑪麗。接下來的兩三天，我除了椒鹽堅果之外，其他什麼也沒吃，倒是喝了大量的波本威士忌。最後我跟她說，「寶貝，我看我最好還是收拾收拾，回法蘭克．馬丁那邊去吧。」

她用力的向兒子解釋說她要稍微離開一陣子，這段時間他必須自己處理吃飯的問題。就在我們要出門的時候，這個「雞婆」小子衝著我們叫囂。他尖著嗓門叫罵，「去死吧你們！我希望你們永遠不要回來，我希望你們死了最好！」你看看這孩子！

出城之前，我要她在菸酒零售店前面停一下，我買了香檳。我們又停在別的地方買了塑膠杯。過後我們又買了一桶炸雞。我們就在狂風暴雨當中開往法蘭克・馬丁，邊喝酒邊聽音樂。她管開車，我管收音機和倒酒。我們想要營造一些派對的氣氛。其實我們心裡挺難受的，炸雞就在那兒，我們卻毫無胃口。

我猜想她平安到家了，否則，我應該會有所耳聞才對。只是她一直沒給我電話，我也一直沒打給她。也許現在她對病情已經有了確實的消息了，也可能她什麼也沒聽說。說不定那只是一場烏龍；說不定那根本是別人的抹片。但是她開了我的車，她家裡還有我的東西。我知道我們還會再相見。

他們搖起農場的舊鈴鐺叫大家用餐。我和傑披離開座椅走進屋內，況且門廊上也愈來愈冷了。我們說話的時候，都能看見彼此呼出來的熱氣。

新年除夕的早晨，我試著打電話給我太太。沒有回應。算了，無所謂啦。就算有所謂，我又能怎樣？最後一次我們通話，是大概兩個星期前，我們在電話裡互相叫罵。我吼了她幾句超難聽的。「腦水腫了你！」她說完就把電話掛了。

可是現在我想跟她說話。有些事必須做個了斷。她家裡也還有我的東西在。

這裡有個人，是個經常在旅行的傢伙，他去過歐洲和其他很多地方。反正那都是他說的。做生意，他說。他還說他對喝酒很有節制，他實在不知道自己為什麼要到法蘭克．馬丁這裡來，但又完全不記得自己是怎麼來的。對這一點他覺得挺好笑，笑他自己居然會完全不記得。「誰都有短路的時候，」他說。「這不能代表什麼。」他不是酒鬼——他這麼說，我們就聽著。「這是非常不實的指控，」他說，「這種說法可以毀掉一個好人的前程。」他說如果他只喝威士忌加水，不加冰塊，那他絕不會出現短路的現象。全是因為加了那些冰塊害的。「你在埃及有熟人嗎？」他問我。「我到那兒需要一些人脈關係。」

年夜飯，法蘭克．馬丁準備了牛排和烤洋芋。我的胃口大開，把餐盤裡的東西吃個精光，甚至再多一些也吃得下。我瞥看小小的餐盤。真慘！他幾乎什麼也沒碰。他的牛排仍舊好端端的坐著。小小不再是過去的小小了。這可憐的傢伙本來計畫好今晚要在家過除夕夜的。他計畫好了要穿上睡袍和拖鞋，跟他老婆手牽手一起看電視。現在他不敢隨便離開這裡了。我了解。有了一次發作就表示還會有第二次。自從那次發作之後，小小不再說他那些瘋瘋癲癲的笑話了。他變得很安靜，很自閉。我問他我可不可以吃他的牛排，他把餐盤推給了我。

法蘭克．馬丁捧著蛋糕進來獻寶時，我們有些人還沒睡，大夥圍著電視在看時代廣場的實況轉播。他捧著蛋糕繞場一周。我知道蛋糕不是他做的，是麵包店買來的。不過總還是個蛋糕。一個白色的大蛋糕。蛋糕上面寫著幾個粉紅色的大字，寫的是：新年快樂——步步高升。

「我才不要吃什麼鳥蛋糕，」那個經常去歐洲和其他各地旅行的傢伙說。「香檳酒呢？」他邊說邊呵呵的笑。

我們全體進餐廳。法蘭克．馬丁負責切蛋糕。我坐在傑披旁邊。傑披吃了兩塊，喝了一瓶可樂。我吃一塊，把另一塊包在餐巾紙裡，留著待會兒再吃。

傑披點上一根菸——現在他的手不抖了——他告訴我說他太太早上會來，新年的第一天。

「太棒了，」我說。我點著頭，舔著手指上的糖霜。「真是好消息，傑披。」

「到時候我給你介紹一下，」他說。

「很期待，」我說。

我們互道晚安，互祝新年快樂。我用餐巾紙擦擦手指，彼此握了握手。

我走到電話機前面，投了一毛錢，撥一通對方付費的電話給我太太。這次也是沒人接聽。然後，我想打給我女朋友。但我才要撥她的號碼，卻發現我其實不想跟她說話。她現在可能在家裡，正在看著我剛才看的電視節目。總而言之，我就是不想跟她說話。我希望她一切都好。就算不好，我也不想知道。

早餐後，我和傑披端著咖啡到前門廊。天氣晴朗，但很冷，需要穿毛衣和夾克了。

「她問我要不要帶孩子過來，」傑披說。「我跟她說把孩子留在家裡吧。你能想像嗎？天哪，我才不要孩子到這裡來。」

我們還是用炭桶當菸灰缸。我們望著傑克．倫敦住過的那個山谷。我們喝著咖啡，看見那輛車從馬路轉過來駛上了這裡的車道。

「她來了！」傑披說。他把杯子擱在椅子旁邊，站起來走下台階。

我看見那女人停下來，煞好車。我看見傑披打開車門，看著她走下車，他們互相擁抱。我轉過頭別開視線，一會兒再把頭轉過來。傑披挽著她的臂膀，一起走上台階。這女人曾經打斷過一個男人的鼻梁。她有兩個孩子，一堆麻煩，可是她愛這個挽著她的男人。我從椅子上站了起來。

「這是我的朋友，」傑披對他太太說。「嘿，這是蘿克西。」

蘿克西握住我的手。她是個高挑的美女，戴了頂毛線帽。她穿著大衣，厚毛衣和寬鬆的長褲。我記起傑披跟我提過男朋友和鐵絲鉗的事。我確實沒看見她戴著婚戒。八成四分五裂了，我猜想。她的手似寬，指節很大。這女人在必要的時候肯定會揮拳頭的。

「久仰了，」我說。「傑披把你們認識的經過都告訴我了。好像跟煙囪很有關係，傑披說的。」

「對，煙囪，」她說。「還有很多事他大概都沒告訴你，」她說，「我打賭他沒有全部都說，」她說著大笑起來。忽然——她像是等不及了似的——一把勾住傑披，在他臉上猛親。他們倆一起走向大門。「很高興認識你，」她說。「嘿，他有沒有告訴你，他在掃煙囪這一行裡是最佳清潔工？」

「好啦，蘿克西，」傑披說。他的手搭在門把上。

「他告訴我他所有會的東西都是跟妳學的，」我說。

「哎，這倒是真的，」她說。她又大笑起來，可是她似乎想到別的方面去了。傑披轉動門把。蘿克西把手蓋在他的手上。「傑歐，我們不能進城去吃午餐嗎？我不能帶你去別的地方嗎？」

傑披清了清喉嚨，他說，「現在還不到一個禮拜。」他把手從門把上移開，手指舉到下巴上。「我想他們比較喜歡我暫時別離開這兒，我們可以在這裡喝點咖啡，」他說。

「好啊，」她說。她的眼睛又轉到我身上。「我很高興傑歐交了個朋友。認識你真好，」她說。

他們往屋裡走。我知道這件事做得很蠢，可我還是做了。「蘿克西，」我說。他們倆停在門口看著我。「我需要一點運氣，」我說。「不是在開玩笑，我想要一個吻。」

傑披往下看。他的手又抓著門把，雖然門已經開了。他把門把轉過來扭過去。我繼續看著她，蘿克西咧開嘴。「我不再掃煙囪了，」她說。「都好些年了。傑歐沒告訴你嗎？不過，當然，我當然可以吻你。」

她走過來，扒住我的肩膀——因為我個子高大——她在我的嘴唇上印了這一個吻。

「怎麼樣？」她說。

「很不錯，」我說。

「這沒什麼，」她說，仍然扒著我的肩膀。她筆直的看著我的眼睛。「祝你好運，」她這才鬆手放開了我。

「一會兒見，老哥，」傑披說。他把門開得更大些，他們倆走了進去。

我坐在台階上點起一根菸。我看著自己的手，吹熄了火柴。我的手也在抖，從今天早上開始的。早上我真想喝點什麼。心情很沮喪，但我沒對傑披說。我盡量把注意力轉移到別的東西上頭去。

我想著掃煙囪方面的事——想著從傑披那裡聽來的每件事——不知怎麼搞的，我想到了以前跟我太太住過的那間屋子。那屋子並沒有煙囪，我不知道為什麼忽然會想起來。不過我記得那屋子，記得我們在那裡只住了幾個星期，有天早上聽見屋外有怪聲。那是個星期天的早晨，臥室裡還很暗，窗子倒已經透進了些許灰白的天光。我仔細聽，聽見有什麼東西在刮著屋子的外牆。我跳下床去看。

「我的天哪！」我太太說著從床上坐起來，甩開了臉上的頭髮。忽然她放聲大笑。「是凡特瑞尼先生啦，」她說，「我忘了告訴你。他說今天要來粉刷房子，一早就來，免得太熱。我完全忘了這回事，」她邊說邊笑。「快回到床上來吧，親愛的。就是他沒錯。」

「等等，」我說。

我推開窗簾。窗子外面，那老傢伙穿著白色工裝褲站在他的梯子旁。太陽剛剛冒出山頂。我跟那老傢伙互相打量著。是房東，沒錯——這個穿全套工作服的老傢伙。只是他這身工作服未免太大了，而且他也需要刮一刮鬍子。他戴了頂棒球帽遮住禿頭。真他媽的，我想著，一個怪咖。這個念頭令我通體舒暢，好在我不是他——好在我是我，我和我的老婆舒服的待在這間臥室裡。

他向著太陽翹起大拇指，假裝往額頭上擦擦汗。他要我知道他得把握時間，不敢怠慢。這老傢伙忽然咧開嘴笑了，我這才發現自己光著身子。我低頭看看自己，再看看他，我聳了聳肩。不然他認為該怎樣，管太多了吧？

我太太哈哈大笑。「來啦，」她說。「快回床上來。快啊。快上床。」

我放開窗簾，卻仍舊站在窗口。我可以看見那老傢伙自顧自的點點頭，好像在說，「去吧，孩子，快回床上去吧。我懂。」他拽著帽舌，準備幹活了。他拎起桶子，開始爬梯子。

我背靠著後面的台階，架起二郎腿。也許今天下午稍晚一些，我再撥個電話給我太太試試。之後我也要撥給我女朋友，問問她的近況。不過我不希望她那個雞婆的孩子接電話。我要是真打這個電話，我希望他別在家，隨便他去哪裡，去忙什麼都行。我努力的回想自己究竟有沒有看過傑克．倫敦的小說，我想不起來。倒是高中時候讀過他寫的一篇故事，題目叫做《生一場火》⑭。故事中那個待在育空⑮的傢伙快要凍死了。想像一下那場景——如果生不起那把火，他非凍死不可。生了火，他就能把襪子和衣物烘乾，也可以把自己烘暖。

他生起了火，可是出了些意外。一大蓬的雪落到火上，火熄了。這時候，天愈來愈冷，而夜晚降臨了。

我從口袋掏出一些零錢，我要先撥給我太太。如果她接了，我會祝她新年快樂。僅此而已。我不會跟她東拉西扯，我不會跟她大小聲，哪怕是她先發作，先跟我吵。她要是問我在哪裡打電話，我會照實說。我不會提什麼新年的願景，這種話題一點都不好玩。跟她講完之後，我再撥給我女朋友。也或許我會先撥給她。我只希望千萬別叫她那個兒子接電話。「哈囉，寶貝，」她一接起電話我立刻就說。「是我。」

---

⑭ 小說原名《To Build a Fire》。

⑮ Yukon，加拿大的一個地區。

9 火車

致約翰．契佛⑯

這女人叫做丹特小姐，那天黃昏她拿把槍抵著一個男人，逼他跪在泥地上求她饒命。那男人滿眼淚水，手指搓著地上的落葉，她拿左輪手槍指著他，數落他的種種罪狀。她要他明白，他不可以老是玩弄別人的感情。「別亂動！」她說，雖然那男的只是用手指挖挖泥土，因為害怕兩條腿稍稍抖了一下。等她說完了，等她把所有想到關於他的罪狀都數落完了，她一腳踹上他的後腦勺，讓他的臉整個仆進泥地裡。然後她把左輪手槍往手提包裡一塞，走回火車站去了。

空曠的候車室裡，她坐在一張長椅上，手提袋擱在腿上。售票亭已經關閉；周圍一個人也沒有，就連車站外面的停車場也是空蕩蕩的。她讓視線停駐在牆上的大鐘。她不要再去想那個男人，不要再去想他在一切到手之後是怎麼對待她的。不過，她會記得剛才他下跪時鼻子裡發出來的那種聲音，她知道她會記很久很久。她深深吸一口氣，閉上眼，注意聽著火車進站的聲音。

候車室的門開了。丹特小姐往那邊看，瞧見兩個人走進來，一個是滿頭白髮、打著白色絲領巾的老翁；另外一個是個中年婦人，塗著眼影、口紅，穿一件玫瑰色的針織洋裝。向晚的天氣變涼了，這兩個人都沒穿外套，老翁甚至沒穿鞋。他們兩個停在門口，似乎對於候車室裡居然有人感到非常錯愕。他們盡量裝作不在乎，不把她的存在當一回事。婦人對老翁說了些什麼，丹特小姐聽不很清楚。這一對男女進入了候車室。在丹特小姐看來，這兩人似乎流露著一種焦躁的神情，好像是很倉促的離開了某個地方，一時間還沒辦法給個適當的說法。或許，丹特小姐想著，他們只是酒喝多了。婦人和白髮老翁看著大鐘，彷彿那鐘會告訴他們目前的處境和下一步該怎麼走。

丹特小姐也把視線轉向那大鐘。候車室裡沒有火車進出站的時刻表。反正她已經做好了長期抗戰的準備，等再久也無妨。她知道只要等得夠久，火車一定會來，到時候她就可以上車，讓火車帶著她離開這個地方。

「晚安，」老翁對丹特小姐說。他說這話的樣子，她想著，就好像這是一個平常的

---

⑯ John Cheever, 1912–1982，美國著名短篇小說作家。

仲夏夜，而他是一個穿著好鞋和晚宴服的大人物。

「晚安，」丹特小姐說。

穿著針織洋裝的婦人看著她的那種眼神，似乎刻意要讓丹特小姐知道：「她」非常不高興看見她在這間候車室裡。

老翁和婦人坐了下來，坐在候車室的另一邊，正對丹特小姐的一張長椅上。老翁拉了拉膝蓋部分的褲管，把一條腿架到另一條腿上，穿了襪子的腳晃啊晃的。他從襯衫口袋摸出一包菸和一支菸嘴。他先把香菸塞入菸嘴，再伸手到襯衫口袋裡，忽然又轉向褲子口袋。

「我沒有火，」他對婦人說。

「我不抽菸，」婦人說。「你要是多了解我一點，就該知道。如果你真要抽，她或許會有火柴吧。」婦人揚起下巴，尖刻的看著丹特小姐。

丹特小姐搖搖頭。她把手提袋更拉近身一些。她併攏膝蓋，手指緊緊扣著手提袋。

「沒戲唱了，沒有火柴，」白髮老翁說。他再搜一次口袋。最後嘆口氣，從菸嘴拔出了那支菸，塞回菸包。他把整包菸和菸嘴一起收進襯衫口袋。

婦人開始用一種丹特小姐聽不懂的語言說話。她想可能是義大利文，因為那種連珠炮似的句子，很像她以前聽蘇菲亞・羅蘭⑰在一部影片裡說的那種話。老翁搖頭。「我跟不上妳，妳說得太快了，速度放慢一點。妳最好說英文。我跟不上妳啦，」他說。

丹特小姐放鬆了緊握提袋的手，順便把袋子移到身旁的空位上。她瞪著提袋上的提把，不知道如何是好。這間候車室很小，她不想突然站起來換座位。她的眼睛滑向大鐘。

「我真受不了剛才那些笨蛋，」婦人說。「簡直不像話！簡直沒法形容。我的天哪！」婦人邊說邊搖頭。她往椅子上一倒，彷彿已經筋疲力盡。她抬起眼瞪著天花板。

老翁用手指夾著絲領巾，無意識的來回搓弄著。他解開一顆襯衫鈕釦，把領巾塞進襯衫裡，似乎在想什麼心事。婦人繼續說話。

「我真是替那個女孩難過，」婦人說。「可憐她一個人待在全是笨蛋和癟三的屋子裡。讓我唯一難過的就是她。到時候是她要付出代價啊！絕不會是其他那票人，尤其不會是那個叫做尼克船長的白痴！他什麼都不會負責的，絕對不會，」婦人說。

老翁抬起眼掃了候車室一圈，他對丹特小姐注視了一會。

⑰ Sophia Loren, 1934–，義大利著名影星。

丹特小姐的目光望過他的肩膀投向窗外。她看到高高的街燈柱子，燈光照耀著空蕩蕩的停車場。她兩手互握著，努力把注意力集中在自己身上，可就是沒辦法不去聽那兩個人的對話。

「我老實跟你說，」婦人說。「我唯一關心的只有那女孩。誰在乎其餘那幫傢伙呀？他們活著就只為了牛奶咖啡，香菸，當寶似的瑞士巧克力，還有那些該死的金剛鸚鵡。別的任何事情對他們來說都毫無意義，」婦人說。「他們在乎什麼呀？要是問我，最好是從今以後永不再見。你聽懂了嗎？」

「當然，我懂，」老翁說。「當然。」他把兩腳踩到地上，再換條腿架到膝蓋上。「先別操這個心吧，」他說。

「說得倒輕鬆，『先別操這個心。』你怎麼不去照照鏡子看看自己的樣子？」婦人說。

「別擔心我，」老翁說。「再壞的事我都經歷過，現在還不是好好的。」他默默的笑著，搖了搖頭。「別擔心我。」

「我怎麼可能不擔心你？」婦人說。「還有誰會來關心你？是拿手提袋的那個女人嗎，她會關心你嗎？」她一說完就停下來，死盯著丹特小姐。「我是認真的，amico mio

⑱。你看看你自己！上帝啊，要不是我心裡有那麼多的事情，現在早就崩潰了。告訴我，如果我不擔心，還有誰來擔心你？我在問一個非常嚴肅的問題。你最清楚不過了，」婦人說，「快回答。」

白髮老翁站起來，又坐下。「反正就是不要為我擔心，」他說。「去擔心別人吧。去擔心那個女孩和尼克船長吧，如果妳真那麼愛擔心。那時候妳不在房間，他說，『我是不正經，不過我確實很愛她。』他當時就是這麼說的。」

「我就知道會來這套！」婦人哭喊著，她合攏手指按住太陽穴。「我就知道你會說這一套！我一點也不意外。真的，一點都不會。豹變不掉身上的紋，狗改不了吃屎。真是至理名言。怪不得人家說活到老學到老啊。可你什麼時候才會清醒呢，你個老笨蛋？回答我啊，」她對他說。「你是不是要像條驢子一樣，非要人家先照牠頭上敲一棒子啊？O Dio mio⑲！你為什麼不去照照鏡子？」婦人說。「站在那裡好好的看一看自己。」

⑱ 義大利語，意為「我的朋友」。
⑲ 義大利語，意為「我的上帝」。

老翁從長椅上站起來，走向飲水池。他一手搭在背後，一手轉開旋鈕，彎著腰喝水。喝完後直起身子，用手背輕輕按了按下巴。他背著兩手，開始在候車室裡閒晃，彷彿是在散步。

但是，丹特小姐看見他的眼睛不斷朝地板、長椅和菸灰缸裡掃描。她知道他是在找火柴，她為自己沒帶半根火柴感到抱歉起來。

婦人轉身，眼光跟隨著老翁移動。她拉高聲音說：「北極也有肯德基炸雞了！桑德士上校[20]也穿上毛皮大衣和長筒靴子了。真是夠了！夠到底了！」

老翁不答腔。他繼續他的「環遊候車室」，最後在大窗戶前面停了下來。他站在窗邊，背著兩手，望著空蕩蕩的停車場。

婦人忽然轉向丹特小姐。她拉扯一下腋下的衣料。「下次我一定要看阿拉斯加巴羅角[21]，和美國愛斯基摩原住民的錄影帶，我一定會租來看的。我的老天，那可真是無價之寶啊！有些人真是厲害，就是有辦法用無趣把敵人給殺死。這種場面絕對少不了妳。」婦人眼睛噴火似的盯著丹特小姐，彷彿在等著看她敢不敢起來反駁似的。

丹特小姐拿起手提袋放到腿上。她看看大鐘，這鐘似乎走得特別慢。

「妳不大說話呀，」婦人對丹特小姐說。「我敢打賭，只要有人給妳起對了頭，保證妳說個沒完。對吧？不過，妳是個狡猾的人，妳寧可封住小嘴坐在那兒，隨便人家在一邊吵破了頭都不管。我說得對吧？一潭子死水。妳是不是就叫這名字？」婦人問。

「人家怎麼稱呼妳來的？」

「丹特小姐。可是我並不認識妳，」丹特小姐說。

「我當然也不認識妳啊！」婦人說。「不認識妳，也不想認識妳。妳就坐那兒想自己的事吧，再想也不能改變什麼。不過我倒是知道自己在想什麼，我想的東西可是臭死人了。」

老翁離開窗口走了出去，只一會兒工夫就回來了，他的菸嘴裡塞著一根點著的菸，人似乎也精神多了。他直起肩膀，抬起下巴，坐到婦人旁邊。

「我找到幾根火柴，」他說。「就在那兒，就在路邊有一盒。八成是哪個人扔在那兒的。」

「基本上，算你走運，」婦人說。「這對你目前的狀況是加分的。別人不知道，我

⑳ Colonel Harland David Sanders, 1890—1980，肯德基炸雞創始人，至今已成為肯德基的註冊商標。

㉑ Point Barrow，美國最北端的岬點，氣候寒冷。

對你可是一清二楚。運氣最重要。」婦人再看著丹特小姐說，「小姐，我相信妳這一輩子也有不少犯錯倒楣的事兒吧，我知道妳一定有，妳臉上的表情都告訴我了，只是妳不願意說出來。隨妳便，不說就不說吧。我們來說。妳會老的。到時候妳就有得說了。等著吧，等妳到了我這年紀，或者他那個年紀，」婦人邊說邊拿拇指朝著老翁一戳。「但願老天保佑。不過事情終究會找上妳的。時候到了，它就來了。不必妳去找它，它自然會找上妳。」

丹特小姐拎著手提袋從長椅上站起來，走到飲水池那裡。她喝了水，轉身看著他們。老翁的菸抽完了，他把菸頭從菸嘴起出來扔在長椅底下，拿著菸嘴往手掌心輕輕敲了敲，對著菸管吹幾下，再把菸嘴收回到襯衫口袋裡。現在，他也把注意力集中到丹特小姐身上。他兩隻眼睛牢牢的盯著她，跟那婦人一起等著她開口。丹特小姐鼓起勇氣決定開口說話。她不確定該從哪裡說起，她想或許該從她手提袋裡有把槍開始說。她甚至可以告訴他們，今天晚上，就在不久前，她幾乎槍殺了一個男人。

就在這當口，他們聽見火車來了。先是聽見汽笛，再來是吭啷吭啷的聲音，平交道的柵欄放下來的時候，警鈴會跟著響。婦人和白髮老翁站起來走向門口。老翁為他的同伴開了門，然後微笑著用手指比了一個小手勢請丹特小姐先過。她把手提袋握在胸前，跟隨著婦人走出去。

火車的汽笛又鳴了一次，緩緩的降慢速度，最後停在車站前面。駕駛室上方的車頭燈來來回回的照著鐵軌。總共兩節車廂的小火車被燈光照得大亮，月台上的三個人很容易就看出車廂幾乎全空著。他們並不感到意外。在這種時間，要是看見火車上有很多乘客，那才叫意外。

兩節車廂裡，寥寥可數的幾個乘客透過車窗往外看，也在奇怪著，這麼晚的時間，月台上怎麼還會有三個人等著準備上車。是什麼大事讓他們到這時候還待在外面？這已經是一般人該上床睡覺的時候了。車站後面小山坡上的那些屋子裡，廚房都已經整理得乾乾淨淨：洗碗機早已完成了它們的運作過程，所有的東西都各自回歸到原位。孩子們的寢室裡亮著小夜燈。幾個十多歲的小妞可能還在看小說，那手指頭還不停的纏著頭上的髮絲。電視都關了。丈夫和妻子也都在準備上床睡覺了。坐在兩節車廂裡的那六七名乘客，透過車窗，疑惑的看著月台上的三個人。

他們看見一個濃妝豔抹的中年婦人，穿著一件玫瑰色的針織洋裝登上梯子進入車廂。她後面是個年輕的女人，穿著輕薄的夏衫和裙子，手裡緊抓著一只手提袋。跟著她們兩個上車的是一個老翁，他行動緩慢，一副很尊貴的態度。老翁滿頭白髮，打著一條白色絲巾，卻沒有穿鞋。幾個乘客想當然的以為上車的這三個人是一夥的；而且他們相信，不管今晚這三個人辦的是什麼大事，應該都不是很愉快的結局。這些乘客見多識廣，這輩子經歷過太多了。這些人很清楚，世上充滿了各式各樣的怪事。這三個人的狀況應該還可以，或許，還好過原先的估計呢。也因為這樣，乘客們不再瞎費心思，任由這三個人走過通道，坐到各自的位子上——婦人和老翁並排坐著，拎著手提袋的年輕女人隔了幾個座位，坐在後面。乘客們不再理會他們，只管看著車站，繼續想著自己的事情，想著那些在火車進站前一直在想的事情。

列車長看看前面的軌道，再回頭看了看剛才火車過來的方向。他舉起手臂，提起信號燈，向司機打出訊號。司機等的就是這個。他轉動標度盤，推下控制桿。火車開始向前推進。起先走得很慢，漸漸的速度加快了。愈走愈快，愈走愈快，一路疾駛著穿過了黑暗的鄉間野地，明亮的車廂照亮了路基。

10 發燒

卡萊有了難題。自從六月初太太離開他之後，他整個夏天都不好過。不過一直到不久前，就在高中開課的前幾天，卡萊還不需要找帶小孩的保母。他就是保母。每天從早到晚照顧著兩個孩子。至於他們的母親，他告訴兩個孩子說，出外長途旅行去了。

黛比，他接觸的第一個保母，是個胖妞，十九歲，她告訴卡萊說她來自一個大家庭。小孩子都好愛她，她說。她提供了兩三個參考人的名字，用鉛筆寫在一張筆記本的紙上。卡萊接過名單，把那張紙摺好，收進襯衫口袋。他跟她說，明天他要開會。他說她明天一早就可以來上班。她說，「沒問題。」

他明白他的人生進入了一個新的階段。愛琳趁他還在計算學生成績單的時候離開了他。她說她要去南加州開始自己的新生活。她是跟理查．霍普斯一起走的，此人是卡萊任教那所高中裡的一個同事。霍普斯教戲劇和玻璃吹製，他顯然已經準時交出了成績單，收拾帶打包，匆匆忙忙的跟愛琳走了。現在，漫長痛苦的夏天漸行漸遠，新學期就要開始了，卡萊終於把注意力轉移到了找尋保母的事情上。最初幾次嘗試效果都不彰。在時間緊迫，非找不可的情況下——找誰都行——他選擇了黛比。

剛開始，他十分感激這個女孩的適時出現。他把房子孩子全部交給了她，彷彿她就是自己的親人。所以，要怪也只能怪他自己，怪他自己太不小心。她來的第一個星期，有一天他提早回家，車子停在車道上另外一台車旁邊，那車的後照鏡上掛了好大一對絨毛骰子。令他吃驚的是，他瞧見兩個孩子在前面院子裡，一身衣服髒兮兮的，正在跟一隻足足可以把他們小手咬掉的大狗玩。他的兒子，基斯，不停的打嗝不停的哭。莎拉，他的女兒，一看見他下車就放聲大哭。兩個孩子坐在草地上，大狗在舔他們的手和臉。大狗衝著他直吼，等到卡萊靠近兩個孩子的時候才稍微退開。他先抱起基斯，再抱莎拉。一邊一個的夾在胳膊底下，走向大門。進了屋子，唱機開得震天價響，連前面的窗戶都在震動。

客廳裡，圍著咖啡桌坐著的三個十多歲男孩立刻跳了起來。桌上立著一堆啤酒瓶，菸灰缸裡香菸還在燒。洛·史都華在立體音響裡嘶吼。沙發上，黛比，那胖妞，跟另外一個十多歲的男孩坐在一起。她目瞪口呆的看著卡萊走進客廳。胖妞的上衣釦子開著。

她盤腿坐著，正在抽菸。客廳裡瀰漫著菸氣和樂聲。胖妞和她的朋友慌張的跳起來。

「卡萊先生，等一等，」黛比說。「我可以解釋。」

「不必解釋，」卡萊說。「統統給我滾。全部。免得我攆你們走。」他更加抱緊了兩個孩子。

「你欠我四天的錢，」胖妞扣起上衣釦子說。她手指上仍夾著那根菸，扣釦子的時候菸灰跟著往下掉。「今天就算了，今天不必給錢了。卡萊先生，事情不是你想的那樣。他們只是順道過來聽聽這張唱片。」

「我了解，黛比，」他說。他把兩個孩子放到地毯上，孩子們卻緊緊靠著他的腿，望著客廳裡的那些人。黛比看著他們，很慢很慢的搖了搖頭，就好像之前從來沒見過他們似的。「給我出去！」卡萊說。「現在，馬上。統統出去。」

他走過去開了大門。幾個男孩表現得不慌不忙，他們拿起啤酒，慢吞吞的走向門口。洛·史都華的唱片還在轉。其中一個男孩說，「那是我的唱片。」

「聽懂我說的話嗎，」卡萊說。他朝那男孩走了一步又停住。

「別碰我，行嗎？千萬別碰我，」男孩說。他走到唱機那兒，拎起唱針把手，把它擱回去，也不管唱盤還在轉就把唱片取了下來。

卡萊的手在抖。「如果那台車在一分鐘之內不離開車道——一分鐘——我立刻叫警察。」他氣得發暈想吐。他看見，真的看見，眼前金星亂冒。

「嘿，聽著，我們走就是了，行了吧？我們這就走，」男孩說。

幾個人魚貫出了屋子。到了外面，胖妞有些蹣跚，她歪歪斜斜的走向那台車。卡萊看見她停下來，雙手遮著臉，她就這樣在車道上站了一會。其中一個男孩從後面推她一把，喊她的名字。她放下手鑽進車子的後座。

「爸爸幫你們換上乾淨的衣服，」卡萊對兩個孩子說，他盡量穩住自己的聲音。「我幫你們洗個澡，換上乾淨的衣服。然後出去吃披薩。你們喜不喜歡吃披薩啊？」

「黛比呢？」莎拉問他。

「她走了，」卡萊說。

那天晚上，把兩個孩子弄上床睡覺之後，他撥電話給凱洛，這女的是他交往了一個月的同事。他把小孩保母的事一五一十的說給她聽。

「我兩個孩子跟那隻大狗在院子裡，」他說。「那狗大得像隻狼。帶孩子的保母跟她那幫流氓朋友待在屋子裡。他們把洛．史都華的唱片音量放到最大，一票人在屋裡喝酒作樂，把我的孩子留在屋外跟一隻陌生的大狗玩。」說這段話的時候，他一直用手指按著太陽穴。

「天哪，」凱洛說。「可憐的寶貝，我聽了好難過。」她的聲音聽起來糊糊的。他可以想像她把話筒抵在下巴殼上說話的樣子，這是她講電話時的習慣。他以前看見過。這也是令他隱約有些不樂的一個習慣。他要她過去他那裡嗎？她問。她願意的。她認為她應該過去一趟，應該打電話把她那個保母找來。這樣她就可以開車去他家。她真的很想過去。需要人疼惜的時候，別害怕說出來，她說。凱洛跟卡萊在同一所高中，卡萊教藝術，凱洛是校長辦公室的祕書之一。她離婚了，有一個孩子，一個神經質的十歲男孩，他父親依著自己那輛車的廠牌，幫他取名叫道奇。

「不用了，沒事，」卡萊說。「謝謝。謝謝妳，凱洛。孩子們已經睡了，可是，妳知道，今天晚上找妳來作伴，我覺得有點怪怪的。」

她不再強求。「親愛的，你發生這麼多事我真的很難過，不過我了解你今晚想一個人靜一靜。我尊重你的決定。明天學校見吧。」

他聽得出她在等他說幾句話。「不到一個禮拜連換了兩個保母，」他說。「我真的昏了。」

「親愛的，想開一點，」她說。「總會有辦法的。這個週末我來幫你找人。沒事的，相信我。」

「謝謝妳在我最需要的時候支持我，」他說。「妳是萬中選一，太難得了。」

「晚安，卡萊，」她說。

掛斷了電話，他覺得剛才真不該說那些話，應該想一些別的來說。這輩子他還從來沒像這樣說話過。他們倆還不算是親密愛人，至少他不這麼認為，但是他喜歡她。而她也知道他現在這段時間很煎熬，所以不要求什麼。

愛琳去加州之後的第一個月，卡萊只要醒著，每分每秒都在陪孩子。他認為這是受了她出走的刺激所造成的，而他自己也不想讓兩個孩子離開他的視線。他當然也沒有興趣接觸別的女人，有一陣子，他甚至以為自己不會再找女人了，他覺得自己彷彿在服喪守孝。他的日日夜夜就是為了陪伴孩子而過，為他們燒飯——他自己毫無胃口——為他們洗衣服燙衣服，開車帶他們去鄉下，採野花，吃著用蠟紙包裹的三明治。他帶他們上超市，他們喜歡什麼就買什麼。每隔幾天他們會去公園，或者圖書館，或者動物園。他們會帶吃剩下的麵包到動物園餵鴨子。晚上，在鑽進被窩之前，卡萊還會給他們讀故事——伊索寓言、安徒生童話，格林童話。

「媽媽什麼時候回來呢？」往往童話故事讀到一半，其中一個孩子會問。

「快了，」他總是說。「再過幾天。好，繼續聽故事吧。」他讀完故事，親過了他們，再關燈。

等孩子睡了，他拿著酒杯在每個房間打轉，不斷的告訴自己，沒錯，遲早，愛琳會回來的。可是長吁一口氣之後，他會說，「我再也不要看見妳的臉了。我永遠永遠不會原諒妳，妳這個不要臉的女人。」到了下一分鐘又變成，「回來吧，親愛的寶貝，求求妳。我愛妳需要妳，兩個孩子也需要妳。」那個夏天有好些個夜晚他就在電視前面睡著了，醒來時電視還開著，螢幕上全是雪花。就是這段時間，他想著自己再也不會親近任何女人，絕對不會。晚上，坐在沙發上對著電視，身旁擱著一本沒打開的書或雜誌，他就會想起愛琳。想她的時候，老想著她甜甜的笑，或是在他抱怨脖子哪裡痠痛的時候，她揉著他脖子的那隻手。每回想到這些，他就要哭。他想著，原本他以為這些緋聞八卦只會發生在別人身上。

就在黛比事件前不久，當震驚和悲傷漸漸變淡，他打電話給一家職業介紹所說明自己的困境和需求。對方記錄下這個訊息，說他們會給他回覆。願意做家事和帶孩子的人不多，他們說，不過他們會想辦法找到人手。在學校開學註冊的前幾天，他再打一次電話，對方說第二天一早就會有人過去。

來的是個三十五歲的女人，手臂長毛，鞋子超爛。她跟他握個手，安靜的聽他說，完全不過問兩個孩子的事——甚至連名字都不問。他帶她進到後面孩子玩耍的地方。她終於笑了，卡萊這才發現她缺了一顆牙。莎拉放下蠟筆，起身走到他身邊站著。她抓著卡萊的手盯著那女人。基斯也盯著她看了一會，再繼續畫他的著色畫。卡萊謝謝那女人跑這一趟，說他會再跟她聯繫。

那天下午他在超市布告欄釘著的一張索引卡上，抄下一個電話號碼。有人應徵保母的工作，而且提供了幾個可供查詢的參考人。卡萊就是在這時候撥了電話，才引來了黛比，那個胖妞。

那個夏天，愛琳給孩子寄了些卡片、信、她自己的照片，另外還有幾張她離家之後畫的鋼筆畫。她也給卡萊寫了幾封不知所云的長信，信中她請求他能體諒這整件事——這整件事——可是她又說她現在很快樂。快樂——就好像，卡萊心想，就好像人活著只是為了快樂兩個字。她說如果他真的愛她，正如他曾經說過的，也是她深信不疑的——她也曾經愛過他啊，別忘了——她說他就該體諒並且接受這一切。她寫著，「真正的聯合永遠永遠不會不合。」卡萊不知道她指的究竟是他們倆的關係，還是她現在在加州的生活。他痛恨聯合這個詞。這跟他們兩個人有什麼相干？她以為他們是在開公司嗎？他認為愛琳八成是神志不清才會說出這種話。他再讀一遍這句話，就把信揉掉，扔進了垃圾桶。

幾小時過後，他又從垃圾桶裡撿起那封信，把它跟其他那些卡片信件一起收進盒子裡，放到壁櫥的架子上。有個信封袋裡夾著一張她的照片，戴著鬆垮的寬邊帽，穿著游泳衣。還有一張在厚紙板上畫的鉛筆畫，一個穿薄袍的女人坐在河岸邊，兩手遮著眼，垮著肩膀。卡萊猜想，這大概就是愛琳對這件事表達出來的傷心和難過了。在大學裡，她主修藝術，即便後來她同意跟他結婚，她說她還是要繼續發揮她的才華。卡萊說她的才華他奪不走。那是屬於她的，他說。那是屬於他們兩個人的。那段時間他們真心相愛。他清楚的知道。他無法想像自己還能用這樣的愛去愛任何一個人。當時他也感受到了她的愛。結果，在結婚八年後，愛琳出走了。她在信上說，她要去「追求理想」。

跟凱洛講完電話，他再進去看看兩個孩子，孩子們睡得很熟。他走進廚房給自己倒了杯酒。他想打電話給愛琳談談保母的事，最後又決定不要。當然，他有她那邊的電話和住址。他總共只打過一次，而且到目前為止，還沒寫過半封信。不寫的理由，部分是因為對這個狀況感到困惑不解，部分是出於氣憤和羞辱。初夏的時候，有一回，在灌了幾杯酒之後，他不管三七二十一的撥了電話。接電話的是理查·霍普斯。理查說，「嘿，卡萊，」一副跟卡萊還是朋友的樣子。然後，彷彿想起了什麼事情似的，他說，「等一下，好嗎？」

愛琳出現在電話線的那頭說，「卡萊，你好嗎？孩子都好嗎？跟我說說你的近況吧。」他告訴她孩子很好。他還來不及說別的，她就搶先打斷了他的話頭說，「我知道『他們』很好。『你自己』呢？」緊接著，她告訴他說，長久以來，她的腦袋第一次對了位。再接著她想要談的是他的腦袋和他的因果。她調查過他的因果。從現在開始這份因果隨時隨地都會獲得加持，她說。卡萊靜靜的聽著，他幾乎不能相信自己的耳朵。最後他說：「我得掛斷了，愛琳。」他掛斷了電話。一兩分鐘後電話又響起來，他讓它去響。等到鈴聲停止的時候，他把話筒拿下來擱著，一直擱到他準備上床睡覺為止。

此刻他很想給她打電話，想打可是又害怕。他仍然想念她，仍然信賴她。他渴望聽見她的聲音——甜甜的，穩定的，不像最近這幾個月來那種幾近瘋狂的聲音——即便他撥了她的號碼，接電話的很可能又是理查·霍普斯。卡萊很清楚自己實在不想再聽到這個男人的聲音。理查跟他同事三年，卡萊想著，也算是一個朋友了。至少他是卡萊在員工餐廳一起吃午餐的一個人，可以一起談田納西．威廉斯㉒和安瑟．亞當斯㉓攝影作品的一個人。不過就算是愛琳來接聽，她也可能又會扯到他前世今生的因果上面。

就在他手裡拿著酒杯，坐在那兒回憶婚姻和親密關係的當口，電話響了。他接起話筒，聽見線路那頭有一些靜電干擾的聲音，不必對方開口，他就知道，那是愛琳。

「我剛好在想妳，」卡萊說，話一出口他就後悔了。

「看吧！我就知道你心裡有我，卡萊。沒錯，我也在想你，所以我打來了。」他吸口氣。她確實瘋了，這已經非常明顯。她繼續滔滔不絕。「好好聽著，」她說。「我打過來最大的理由，就是我知道你現在的情況一團混亂。不要問我怎麼知道，我就是知道。對不起，卡萊。事情是這樣的。你現在缺少一個很好的管家兼保母，對吧？哪，這人就近在眼前，她就在你們家附近！啊，有可能你已經找到人了，要是這樣，那很好。要是這樣，那也是早就註定好了的。不過，萬一你的問題還在，那這裡有個女人，她以

㉒原名Thomas Lanier Williams III, 1911—1983，以Tennessee Williams的筆名聞名於世，他是美國，也是二十世紀最重要的劇作家，作品有《熱鐵皮屋頂上的貓》、《玫瑰刺青》、《慾望街車》等。

㉓Ansel Adams, 1902—1984，美國著名攝影家，以拍攝黑白作品見長，曾三度獲頒古根漢獎金。

前在理查他媽媽那兒幫忙過。我跟理查談到了這個潛在的大問題，他就努力去想辦法了。你想知道他都做了些什麼嗎？你有在聽嗎？他打電話給他母親，以前就是她雇這個女人來家裡幫忙打掃的。這女人叫做韋伯斯特太太。理查的姑媽和她女兒搬進來住之前，一直是她在照顧理查的母親。理查從他母親那兒拿到了電話號碼。他今天跟韋伯斯特太太談過了，理查真的打過電話了。韋伯斯特太太今晚就會打給你，要不就是明天早上，總之一定會打來。只要你有需要，她就會自動過來幫忙。說不準什麼時候你就會有這個需要。就算現在你一切都沒問題，我當然希望如此，可是說不準哪時候你就會需要她來幫忙。你明白我的意思嗎？就算不是現在，也可能是以後。好嗎？孩子們還好嗎？他們都在做些什麼？」

「孩子們都好，愛琳。他們現在睡了，」他說。也許他應該告訴她，他們每天晚上都是哭著睡的。他不知道該不該對她說實話——告訴她，這兩個禮拜他們連一次都沒問起過她。最後他決定什麼都不說。

「我早先打過，可是忙線中。我跟理查說你可能正在跟女朋友聊天呢，」愛琳哈哈的笑著說。「要正面思考。你聽起來很消沉，」她說。

「我得掛斷了，愛琳。」他準備掛電話，他把話筒從耳邊移開。她還在說個不停。

「告訴基斯和莎拉說我愛他們，告訴他們我會再給他們寄很多圖畫的。要告訴他們啊。我不要他們忘記他們的母親是個藝術家。也許還不算是最偉大的，不過那不重要。重要的是，你明白，一個藝術家。這個才重要，他們不可以忘記這一點。」

卡萊說，「我會告訴他們。」

「理查跟你說哈囉。」

卡萊不吭氣。他只對自己重複唸了一句——哈囉。這男人到底是什麼意思？他說，「謝謝妳打來。謝謝你們打給那個女人。」

「韋伯斯特太太！」

「是。我真的得掛電話了，我不想把妳的銅板都花光。」

愛琳哈哈大笑。「不過就是錢嘛。錢不重要，它只是一種在交換上必需的媒介罷了。比錢重要的事情還多著呢。這一點你已經很知道了。」

他把話筒舉在面前，看著這個發出她聲音的機具。

「卡萊，事情會愈走愈順的，我知道你一定會的。你也許會認為我是瘋了什麼的，」她說。「只要你記得就好。」

記得什麼？卡萊慌張起來，想著自己是否漏聽了什麼。他把話筒拿近。「愛琳，謝謝妳來電話，」他說。

「我們一定要保持聯繫，」愛琳說。「我們一定要讓所有的溝通管道保持暢通。我認為，最壞的日子已經過去了。我們兩個都一樣，我也很難受。可是我們就會得到這一世真正想要的東西了，我們彼此都一樣，從長遠來看，我們會因此而變得更加堅強。」

「晚安，」他說。他擱下話筒，看著電話，等待。電話沒再響。但一小時之後，它果然響了。他接起來。

「卡萊先生。」一個老婦人的聲音。「你不認識我，我的名字叫吉姆·韋伯斯特太太。我答應人家說要跟你聯絡的。」

「韋伯斯特太太。啊是，」他說。愛琳提到的那個女人打來了。「韋伯斯特太太，妳明天早上可以來我家嗎？明天一早，差不多七點？」

「可以，很方便，」老婦人說。「就七點，把你的住址給我。」

「我全都仰仗妳了，」卡萊說。

「你放心交給我吧，」她說。

「我不知道該怎麼對妳說，這對我真的太重要了，」卡萊說。

「你放心吧，」老婦人說。

§

第二天早晨，鬧鐘響了，他還不想睜開眼睛，他還想要繼續原來的夢境。夢境裡有一間農舍，還有一道瀑布。有個人，他不認得的，帶著某樣東西走在小路上。也許是野餐籃子吧。這個夢沒有令他心神不寧。在夢裡，似乎存在著一種安逸的氛圍。

最後，他終於翻過身按住鬧鐘，賴在床上再躺了一會兒，然後起身，把腳塞進拖鞋，走去廚房泡咖啡。

他刮完鬍子換好衣服，坐在廚房餐桌邊喝咖啡邊抽菸。孩子們還在睡。再過五分鐘左右他就該把麥片盒放到桌上，擺好湯匙和大碗，叫他們起床吃早餐了。他不相信昨晚來電話的那個老婦人真會如她所說的，在今天早上出現。他打算等到七點零五分，先給學校打電話，請一天假，再盡量想辦法去找個可靠的人過來。他把咖啡杯湊近嘴唇。

就在這時候，他聽見街上一陣隆隆的聲響。他放下杯子，從座位上站起來往窗外看。一輛敞篷小卡車在門前的路邊停了下來，車身隨著空轉的引擎抖動著。卡萊走到前門口，打開門，揮揮手。一個老婦人也向他揮了揮手，從車裡出來。卡萊看見司機趴著身子消失在儀表板底下。小卡車喘了一下，再抖動兩下，便靜止不動了。

「卡萊先生？」老婦人說，她提著一個大包包慢慢的走過來。

「韋伯斯特太太，」他說。「快請進。那是妳先生嗎？請他一起進來吧。我剛泡好咖啡。」

「沒關係，」她說。「他自備了保溫瓶呢。」

卡萊聳聳肩。他替她撐著門。她走進屋裡，兩人握握手。韋伯斯特太太面帶笑容。卡萊點點頭。他們進了廚房。「昨天你說要我今天來的，是吧？」她問。

「我去叫孩子們起床，」他說。「我想先讓他們認識了妳，我再去學校。」

「太好了，」她說。她看了看廚房四周，把大包包放在水槽邊的流理台上。

「我現在去叫他們吧？」他說。「一兩分鐘就過來。」

不一會兒，他帶著兩個孩子過來做了介紹。孩子們還穿著睡衣。莎拉揉著眼睛，基斯已經完全醒了。「這是基斯，」卡萊說。「這邊這一個，是我的莎拉。」他牽著莎拉的小手轉向韋伯斯特太太。「妳看得出來，他們需要人照顧，現在就缺少一個可靠的幫手。我們的問題就是這個。」

韋伯斯特太太走向兩個孩子。她替基斯扣好睡衣領口的釦子，幫莎拉撩開臉上的髮絲。他們倆沒有拒絕她。「孩子們，現在你們不用擔心了，」她對他們說。「卡萊先生，沒事的。我們會相處得很好。只要給我們一兩天的時間，互相熟悉一下就行了。如果我要留下來，你不如就給韋伯斯特先生打個招呼，先打發他走了吧？只要在窗口跟他揮個手就行了。」她說完了話，就把注意力轉回到兩個孩子身上。

卡萊走到窗口拉起窗簾。一個老先生坐在卡車駕駛座上，望著他的屋子，一面拿起保溫杯湊到嘴上。卡萊向他揮揮手，老先生也用空出來的那隻手向他回了禮。卡萊看著他搖下車窗，把杯子裡喝剩的咖啡倒掉。忽然整個人又趴到儀表板底下去了，卡萊猜想他一定是在連接什麼線路——不到一會兒工夫，卡車發動了，車身開始搖晃。老人家催下油門，把車子駛離了路肩。

卡萊從窗口回轉身。「韋伯斯特太太，」他說，「很高興妳肯過來。」

「彼此彼此，卡萊先生，」她說。「你趕緊去上班吧，別遲到了。什麼都不必擔心，我們會相處得很好的。對不對啊，孩子們？」

兩個孩子點點頭。基斯一隻手揪著她的衣裳，把另一隻手的拇指塞進了自己的嘴巴。

「謝謝妳，」卡萊說。「我覺得，我真是百分之百的覺得輕鬆多了。」他搖著頭，咧著嘴。跟兩個孩子吻別的時候，他的胸口有一種說不出的順暢感。他把下班回家的時間告訴了韋伯斯特太太，穿上大衣，再說一次再見，便出門去了。幾個月來頭一次，他覺得他的擔子終於輕了一些。開車到學校的路上，他甚至聽起了收音機裡播放的音樂。

第一節藝術史課，他都消磨在拜占庭繪畫作品的幻燈片上面。他耐心的解說繪畫主題和各個枝節上的差別，指出這些作品的情緒感染力和正當性。由於他把太多時間都耗在講解那些匿名畫家的社會背景上，有些學生開始不耐的在地板上磨蹭鞋子，咳嗽清喉嚨。當天他們只上到預定進度的三分之一。下課鈴響的時候他還在講課。

第二堂課，水彩畫，他的心境出奇的清明平靜。「就像這樣，就像這樣，」他邊說，邊引導學生的手作畫。「非常輕巧細緻的。就像微風拂過紙面，只是輕輕地觸及。就像這樣。懂了嗎？」他覺得自己又站上了探索的邊緣。「『聯想力』才是關鍵，」他說著，輕輕把著蘇．柯文的手指引導著她的畫筆。「妳必須跟妳的錯誤共存，讓這些錯誤最後看起來成為一種風格。了解嗎？」

午餐時間，他在員工餐廳排隊，看見凱洛排在他前面不遠。她已經買好了午餐。他耐著性子等著輪到他把帳結清。等他趕上來的時候，凱洛已經走過大半個餐廳。他把手勾進她的臂彎，帶領她走向靠窗的一個空桌位。

「天哪，卡萊，」兩人坐下來之後她說。她端起冰茶，一臉的紅暈。「你瞧見史托爾太太看我們的眼神嗎？你是怎麼了？這下子大家都會知道了。」她啜了口冰茶，把杯子放下。

「去她的史托爾太太，」卡萊說。「嘿，我跟妳說，親愛的，我現在覺得自己比昨天這時候好了千百倍。噢天哪，」他說。

「發生什麼事了？」凱洛說。「卡萊，快告訴我。」她把水果杯推到托盤一邊，在義大利麵上撒了些起司粉。「告訴我怎麼回事。」

他跟她說了韋伯斯特太太的事，甚至還提到韋伯斯特先生。他說老先生都得先把線路接好才能發動那輛卡車。卡萊邊說邊吃著樹薯泥，接著又吃大蒜麵包，更在不知不覺中喝掉了凱洛的冰茶。

「你瘋啦，卡萊，」她朝著他那盤碰都沒碰過的義大利麵點個頭。

他搖頭。「天哪，凱洛。天哪，我感覺太棒了，妳知道嗎？一整個夏天都沒這麼棒過。」他壓低了聲音。「今天晚上妳過來，好嗎？」

他的手從桌子底下搆過去搭上了她的膝蓋。她的臉又紅了。她抬起眼朝餐廳四周瞄了一圈，沒有一個人在注意他們。她迅速的點了一下頭，也把手伸到桌子底下摸著他的手。

§

那天下午他回到家，發現屋子整齊乾淨，兩個孩子都換上了乾淨的衣服。廚房裡，基斯和莎拉站在椅子上，正在幫韋伯斯特太太做薑餅。莎拉的頭髮不再披在臉上，用一根髮夾夾住了。

「爸爸！」孩子們看見他開心的叫著。

「基斯，莎拉，」他說。「韋伯斯特太太，我——」可是她不讓他把話說完。

「我們今天過得很好，卡萊先生，」韋伯斯特太太很快的接口說。她在圍裙上擦了擦手指。那是一條上面有藍色風車圖案的舊圍裙，這圍裙原本是愛琳的。「這麼漂亮的兩個孩子，太難得了，真是寶貝耶。」

「我不知道該說什麼才好。」卡萊站在流理台邊上，看著莎拉在壓一些麵團。他聞得到香香的薑味。他脫下大衣，坐在餐桌旁，一邊鬆開了領帶。

「今天是認識新朋友的大日子，」韋伯斯特太太說。「明天我們還有別的計畫。我們大概會去公園。這麼好的天氣當然應該好好利用一下。」

「好主意，」卡萊說。「這個主意好。真好，太棒了，韋伯斯特太太。」

「等我把這些餅乾放進烤爐，韋伯斯特先生就該來了。你是說四點對嗎？我跟他說了四點過來。」

卡萊點著頭，他的心裡有幸福滿盈的感覺。

「你今天有一通電話，」她邊說邊拿著攪拌碗走到水槽邊。「是卡萊太太打來的。」

「卡萊太太，」他說。他等著韋伯斯特太太的下文。

「是的。我跟她說明我的身分，她對於我在這裡好像並不意外。她分別跟兩個孩子說了幾句話。」

卡萊瞥了基斯和莎拉一眼，他們根本沒在注意，兩個孩子又在另一只烤盤上排放小餅乾。

韋伯斯特太太繼續的說。「她留了話。我想想，我寫下來了，不過我想我還記得。她說，『告訴他』——這個他，指的是你——『因果報應。』我想我沒記錯。她說你會懂的。」

卡萊注視著她。他聽見外面韋伯斯特先生的卡車聲。

「是韋伯斯特先生，」她說著解下圍裙。

卡萊點點頭。

「明早七點？」她問。

「好的，」他說。「再次謝謝妳。」

那晚他幫兩個孩子洗了澡，換上睡衣，再讀故事給他們聽。他聽完他們做禱告，替他們塞好被子，關了燈。將近九點。他給自己斟一杯酒，看看電視，一直等到聽見凱洛的車開上了車道。

十點左右，兩個人在床上，電話響了。他咒罵著，卻不起來接聽。電話不停的響。

「可能有要緊的事吧，」凱洛說著坐了起來。「可能是我請的保母。她有這支電話號碼。」

「是我太太啦，」卡萊說。「我知道是她。她得了失心瘋，她錯亂了。我不要接。」

「反正我也該走了，」凱洛說。「今天晚上真的很甜蜜，親愛的。」她摸了摸他的臉。

秋季學期中。韋伯斯特太太已經來他這裡幫忙了快六個星期。這段時間裡，卡萊的生活經歷了不少轉變。其中之一，是他已經接受愛琳離去的事實，也體悟到，她絕不可能再回來了。他不再存有幻想，不再以為這事還有改變的可能。只有在深夜，在那些沒跟凱洛在一起的夜晚，他才會發現他還愛著愛琳，他還在為發生過的這一切所苦，他希望能停掉這份愛。但是絕大部分時間，他和孩子們都過得很快樂；他們在韋伯斯特太太的悉心照料下成長茁壯。最近，她習慣幫他們做好晚餐，放進烤爐，溫著，一直溫熱到他從學校下課回來。他只要一進門就能聞到廚房飄出來的香氣，就能看見基斯和莎拉在那裡幫忙排餐盤。偶爾，他會請問韋伯斯特太太願不願意在星期六加個班。她願意，只要別硬性規定她必須趕在中午之前過來就行了。星期六上午，她說，要料理一些她自己和韋伯斯特先生的事情。每逢這個時候，凱洛會把道奇帶過來，跟卡萊的兩個孩子一起，託付給韋伯斯特太太照顧，凱洛和他就開車去鄉間的餐館吃晚餐。他相信他的人生重新啟動了。雖然從六個星期前那通電話之後，他再也沒接獲愛琳的任何消息，但他發現，如今再想起她時，不會生氣，也不會想掉眼淚。

學校的課程剛剛脫離中世紀，準備邁入哥德時期。文藝復興還得等上一段時間，起碼要到聖誕假期以後。就在這段時間，卡萊病了。彷彿就在一夜之間，他的胸口繃緊，頭也開始疼痛，身體各個關節都變得很僵硬，他一動就會頭暈。頭痛愈來愈厲害，一個星期天他痛醒過來，想著要打電話給韋伯斯特太太，請她過來把孩子帶去別的地方。兩個孩子非常貼心，給他端來果汁和汽水。他把自己的名字、學校、部門，病情都告訴了那個接電話的人。他推薦梅爾．費雪做他的代課老師。費雪畫抽象畫，每週有三到四天都在畫畫，一天畫上十六個小時，卻從來不賣也不展示他的作品。他是卡萊的朋友。「去找梅爾．費雪，」卡萊告訴電話線那端的女人。「費雪，」他有氣無力的說。

他爬回床上，鑽進被窩，繼續睡覺。睡夢中，他聽見外面有車子的引擎聲，接著是引擎熄火時發出來的回火聲。過了一會，他聽見臥室門外傳來韋伯斯特太太的聲音。

「卡萊先生？」

「哎是，韋伯斯特太太。」他覺得自己的聲音變得好奇怪。他仍舊閉著眼。「我生病了，我已經給學校打了電話，今天我得在床上躺著。」

「我明白。不用擔心，」她說。「這邊的事我會照料。」

他閉著眼。整個人仍處在半夢半醒之間的狀態，他彷彿聽見前門開了又關。他仔細聽。他聽見廚房那邊有個男人低聲的在說著什麼，餐桌旁有一把椅子被拉開了。沒多久，他聽見兩個孩子的聲音。再過了一會——他不確定到底過了多久——他聽見韋伯斯特太太就在他房門外。

「卡萊先生，要不要我去找醫生？」

「不用了，沒事，」他說。「我想只是重感冒吧，覺得全身熱得難受。大概被子蓋得太多了，屋子裡好熱。或者妳幫我把暖爐調低一些吧。」說完這些，他便糊裡糊塗的睡了過去。

又隔了一會兒，他聽見孩子們在客廳裡跟韋伯斯特太太說話。他們是剛回來還是要出去？卡萊疑惑著。難道已經是第二天了？

他繼續睡，然後意識到房門打開了，韋伯斯特太太出現在他床邊。她把手按在他的額頭上。

「你燒得厲害，」她說。「你在發燒。」

「我沒事，」卡萊說。「我只是想再多睡一會兒，麻煩妳把暖爐調低一些。可不可以請妳拿兩片阿司匹靈給我，謝謝妳。我的頭好痛。」

韋伯斯特太太離開房間，讓房門開著。卡萊聽見外面有電視的聲音。「聲音小一點，吉姆，」他聽見她說，電視音量立刻降低了。卡萊又睡了過去。

這次他睡不到一分鐘，因為韋伯斯特太太突然捧著托盤回到房間來。她坐在他的床沿。他勉強叫醒自己，奮力的坐起來。她塞了一個枕頭撐在他背後。

「把這吃了，」她說著給了他一些藥片。「喝了它。」她拿杯果汁給他。「我還弄了些麥片粥，你要吃一點。那對你絕對有好處。」

他吃了阿司匹靈喝了果汁。他點點頭，眼睛卻又閉上了，他還要睡。

「卡萊先生，」她說。

他睜開眼。「我醒著，」他說。「對不起。」他稍微坐直一點。「我只是覺得太熱。現在幾點？八點半了嗎？」

「九點半多一點，」她說。

「九點半，」他說。

「我現在要餵你吃一點麥片粥，你要張開嘴好好的吃，只有六小口。哪，這是第一口。張嘴，」她說。「吃了這個你就會覺得好很多的。吃完了我讓你繼續睡覺，把它吃了，你愛睡多久就睡多久。」

他吃了她盛給他的麥片粥，又要了些果汁。喝完果汁，他又躺了下來。就在他快要睡著之際，他覺得她又給他加了一條毯子。

他再次醒來，時間已經是下午。憑著從窗戶透進來的灰白天光，他知道應該是下午。他伸手拉開窗簾。外面天氣陰沉沉，冬陽躲在雲層後面。他慢慢的下床，找到自己的拖鞋，穿上睡袍。他走進浴室，照照鏡子，洗把臉，再吃了些阿司匹靈。他拿毛巾擦過手，走去客廳。

餐廳的大飯桌上，韋伯斯特太太攤著報紙，她同兩個孩子一起正在那兒捏黏土。他們已經捏好了幾個有著長脖子和凸眼睛的東西，看起來像長頸鹿，又像恐龍。他走過飯桌的時候，韋伯斯特太太抬起頭看他一眼。

「好多了，謝謝。好多了，」他說。「頭還是痛，還是覺得有些熱。」他拿手背按著額頭。「不過好多了，確實好多了。謝謝妳今天上午過來幫忙。」

「要我給你弄點什麼吃的嗎？」韋伯斯特太太說。「果汁或者茶？咖啡應該也可以，我覺得還是茶比較好，當然最好是果汁。」

「不用了，謝謝，」他說。「我就在這裡坐一會兒，能下床的感覺真好，只是覺得沒什麼力氣。韋伯斯特太太？」

她看著他等待下文。

「我今天早上好像聽見韋伯斯特先生也在這裡？很好，沒關係的。只可惜我沒有機會跟他見個面，打聲招呼。」

「是他沒錯，」她說。「他也很想見你。是我叫他進來的。只是選的日子不對，你剛好病了。我本來想把我們的計畫告訴你，我和韋伯斯特先生的計畫，可是今天早上不是時候。」

「告訴我什麼？」他說。警覺、恐懼立刻把他的心給揪住了。

她搖搖頭。「沒關係，」她說。「不急的。」

「告訴他什麼？」莎拉說。「告訴他什麼啊？」

「什麼，什麼？」基斯也湊上一腳。兩個孩子停下了手邊的工作。

「等一會兒，你們兩個，」韋伯斯特太太說著站了起來。

「韋伯斯特太太，韋伯斯特太太！」基斯喊著。

「噯，小傢伙，」韋伯斯特太太說。「我得跟你爸爸說說話。你爸爸今天生病了，你別鬧啊。快去玩黏土吧。你要是不用心，你姐姐就要趕上你囉。」

就在她準備走到客廳去的當口，電話響了。卡萊搆到桌几上接起電話。跟之前一樣，他聽見線路那端傳來模糊的嗡嗡聲，他知道是愛琳。「喂，」他說。

「什麼事？」

「卡萊，」他太太說，「我知道，不要問我怎麼知道的，我知道現在的情況不太好。你病了，是吧？理查也病了。傳來傳去擋不住的。他肚子裡存不得任何東西，他已經一個禮拜沒去管話劇排演的事了，現在得由我跟他的助理一起去盯場。不過我打來並不是為了跟你說這些，告訴我那邊的情形如何了。」

「沒什麼好說的，」卡萊說。「我病了，就這樣。大概是得了流感吧，現在好多了。」

「你還在寫日誌嗎？」她問。這句話令他吃了一驚。好幾年前，他曾經跟她說過他在寫日誌。不是日記，他說，是日誌——彷彿這一說就是最好的註解。但他從來沒給她看過，而且他已經有一年多沒寫了，他早已忘了這件事。

「因為，」她說，「你應該趁這段時間在日誌上寫些東西，寫寫你的感受和想法。你知道，生病期間你的腦袋還是在的。記住，生病是你身心靈健康傳遞出來的一個訊息，它在告訴你一些事情，要把它記錄下來。你明白我的意思嗎？等你好了，你可以回頭看看那個訊息是什麼。你可以在事後再讀它，在事過境遷之後。柯雷特㉔就這麼做過，」愛琳說。「有次在她發燒的時候。」

「誰？」卡萊說。「妳在說什麼？」

「柯雷特，」愛琳回答說。「那個法國作家啊。你知道我在說誰，我們家裡還有一

㉔ Sidonie-Gabrielle Colette, 1873–1954，法國女作家。

本她的書，叫《琪琪》㉕什麼的。那本書我沒看過，反而是到這裡之後，我一直在讀她的東西。是受理查的影響。她曾經寫了這麼一本小書，就在她發燒的那段時間，她把當時的想法和感覺全部寫了下來。有時候她燒到一百零二度㉖，有時候稍微低些，說不定還高過一百零二度呢。只是在發燒的時候，她量過，有記錄的是一百零二度。我說的就是這個。盡量照實寫下來，可能會有些收穫的，」愛琳說著說著，忽然沒來由的——在卡萊看來是如此——哈哈大笑起來。「最起碼在以後，你對這次的病情有一個詳細的記錄，可以拿來回顧啊。最起碼你有東西可以展示了，否則你現在有的只是不舒服。你一定要把這個不舒服轉化為有用的東西。」

他把手指壓在太陽穴上，閉起眼睛。她還在線上，等著他說話。他能說什麼呢？在他看來，非常明顯，她是瘋了。

「天哪，」他說。「天哪，愛琳。我不知道該說什麼才好，我真的不知道。我得掛斷了。謝謝妳打來，」他說。

「這沒什麼，」她說。「我們應該多溝通溝通。替我親親孩子們，告訴他們我愛他們。理查向你問好，雖然他現在躺在床上連起都起不來。」

「再見，」卡萊說完就掛斷。他兩手摀著臉。不知怎麼的，他忽然想起，那次胖妞往車子走去的時候，也是同樣這個手勢。他放下手，看看韋伯斯特太太，她也在看他。

「不是壞消息吧，我希望，」她說。老婦人拉了張椅子到他坐的沙發邊上。

卡萊搖搖頭。

「那就好，」韋伯斯特太太說。「那就好。呃，卡萊先生，現在很可能是最最不合適來談這件事。」她的眼光瞥向餐廳。飯桌上，兩個孩子正低著頭專注的在捏黏土。「可是遲早都得說出來，因為關係到你和兩個孩子，你既然起來了，我不如就對你直說了吧。吉姆和我，我們過得還算可以。問題是，我們需要的遠遠超過我們現在所有的。你明白我說的意思嗎？這真的很難啟口，」她邊說邊搖頭。卡萊徐徐的點一點頭。他知道她要說她不做了。他用袖子擦了擦臉。「吉姆前一段婚姻生下的兒子，鮑伯——現在有四十歲了——昨天打電話來邀我們去奧勒岡，去幫忙管理他的養貂場。吉姆只管養貂方面的事務，我負責燒飯，採買雜貨，打掃房子，和一些雜七雜八的小事。這對我們倆是一個機會，管吃管住還有些賺頭。我和吉姆用不著再擔心日後我們會發生什麼問題

㉕ Gigi，電影「金粉世家」，一九五八年出品。

㉖ 約攝氏三十九度。

了，你明白我的意思。到現在為止，吉姆兩手空空，一無所有，」她說。「他上個禮拜滿六十二歲。他有好長一段時間沒有工作了。今天早上他要來親口對你說，因為，我本來準備要來向你提出辭呈。我們想——我想——我在跟你說這些的時候，如果吉姆在場，可能會比較好。」她等著卡萊說一點什麼。見他沒吭氣，她又繼續往下說。「我會做完這個星期，如果有需要，甚至可以延到下個星期再做一兩天。只是，你明白，無論如何，我們一定要走的，也請你給我們祝福。我的意思是，想想看——開著我們那輛老爺破車，從這裡一路開到奧勒岡，你能想像嗎？我會很想念這兩個小孩，他們真的太乖巧了。」

過了一會，見他還是沒有要回話的意思，她從椅子上站起來，走過去坐到他身旁的沙發墊上。她碰了碰他睡袍的袖子。「卡萊先生？」

「我了解，」他說。「我只是希望妳知道，妳在這裡，對我對兩個孩子真的太重要了。」他的頭痛到他不得不瞇起眼睛。「這個頭痛，」他說。「這個頭痛簡直要我的命。」

韋伯斯特太太湊過去，把手背貼在他的額頭上。「你還是有些燒，」她告訴他。「我去拿幾片阿司匹靈，那可以退燒。現在這裡還歸我管著，」她說。「我還是你的醫生。」

「我太太認為我應該把現在的感受統統寫下來，」卡萊說。「她認為把發燒的感受描寫出來是個很棒的點子。那樣一來，以後我就可以溫故而知新。」他放聲大笑，笑到迸出了眼淚。他用手腕把淚水擦了。

「我還是去給你拿阿司匹靈和果汁吧，順便也過去看看兩個孩子，」韋伯斯特太太說。「依我看，他們對那些黏土已經沒什麼興趣了。」

卡萊好怕她去別的房間，留下他一個人待在這裡。他想跟她說說話，於是他清了清嗓子。「韋伯斯特太太，有些事情我想說給妳聽。長久以來，我和我太太彼此相愛，我們的愛超越世間所有的人、事、物，甚至包括我們自己的孩子。我們以為，哦，應該說我們知道我們一定會白頭偕老。我們知道我們會一起去做所有我們想要做的事，一起去做。」他搖著頭。這正是他感到最心痛的事——從今而後，不管做什麼，他們都將各做各的了。

「沒事的，沒事的，」韋伯斯特太太說。她拍拍他的手。他稍微直起身子，再拾起話題。過一會，兩個孩子跑進客廳來了。韋伯斯特太太豎起一根手指壓在嘴唇上，示意他們別出聲。卡萊看了看孩子們，繼續說他的。讓他們聽吧，他想。反正跟他們也很有關係。兩個孩子似乎也明白要保持安靜，甚至還要假裝很感興趣的樣子，這樣他們才能挨著韋伯斯特太太的腳邊坐下來。兩個人趴在地毯上吱吱咯咯的笑著，韋伯斯特太太朝他們嚴肅的瞪了一眼，笑聲便止住了。

卡萊繼續往下說。起先，他的頭還在痛，再加上穿著睡衣跟個老太太坐在一起，而老太太又很有耐心的在聽他說這些有的沒的，那感覺也挺怪的。可是很快的，他的頭不痛了。很快的，他也不感覺尷尬了，甚至忘了應該要有什麼樣的感覺了。他原本是從中間開始說起，從兩個孩子出生以後。現在他再往前推，乾脆從頭說起，回到當時愛琳十八歲，他十九歲的年紀，青春男女的戀愛，如火如荼。

他停下來擦擦額頭，潤了潤嘴唇。

「說下去，」韋伯斯特太太說。「你說的我都懂。你只管說下去，卡萊先生。有時候說出來反而好。有時候，說出來是對的。再說，我也很想聽。說完以後你會覺得舒服得多。這樣的事也曾經發生在我身上，就像你現在所描述的。愛情。沒錯，就是這個。」

兩個孩子已經在地毯上睡著了。基斯習慣的把大拇指含在嘴裡。就在卡萊繼續訴說的時候，韋伯斯特先生來到門口，敲了敲門，就走進來準備接韋伯斯特太太。

「坐下來，吉姆，」韋伯斯特太太說。「沒事，不急的。只管繼續說你的吧，卡萊先生。」

卡萊向老先生點個頭，老先生也點頭回禮，接著他去餐廳為自己搬了把椅子進客廳。他把椅子靠近沙發放好，吁了口氣坐下來。他摘下帽子，疲憊的把一條腿架到另一條腿上。卡萊接著往下說的時候，老先生把兩隻腳踩到地板上。孩子們驚醒了，他們坐起來，腦袋來回的晃著。這時候卡萊把該說的也都講完了，他住了口。

「太好了。這對你是件好事，」見他說完了，韋伯斯特太太說。「你是好人。她也是——卡萊太太也是。千萬別忘了這些。等這件事過去之後，你們倆都會很好的。」她站起來，解下圍在身上的圍裙。韋伯斯特先生也站起來，戴上帽子。

到了門口，卡萊跟韋伯斯特夫婦兩個人都握了手。

「再會，」吉姆．韋伯斯特說。他點了點自己的帽簷。

「祝你們順心如意，」卡萊說。

韋伯斯特太太說明天早上會過來看他，就跟往常一樣，一大清早。

彷彿搞定了一件重要的大事，卡萊大聲說，「好！」

老夫婦倆小心翼翼的走完步道登上卡車。吉姆．韋伯斯特整個人又彎到儀表板底下，韋伯斯特太太看著卡萊揮了揮手。就在這一刻，他站在窗口的這一刻，他感覺到某些事情真的結束了，那是跟愛琳和在這之前的人生相關的事情。他有沒有向她揮過手呢？一定有的，當然，他知道他一定有，只是這會兒想不起來了。但是他明瞭，事情真的結束了，他覺得他真的可以把她放下了。他絕對相信他們倆攜手共度的人生確曾出現過，但那已經是過去式了。而這個逝去——雖然好像不太可能，雖然他極力抗拒——現在也將成為他人生的一部分，真實而確定，一如其他那些封存在他記憶中的事物。

小卡車顛簸著向前行的時候，他再次舉起手臂。他看見老夫婦在車子裡朝他略微的欠了欠身子。然後，他放下手臂，轉過身面對兩個孩子。

11 馬勒

掛著明尼蘇達車牌的這輛老爺休旅車，開進了窗前的停車位。前座有一男一女，後座是兩個男孩。七月天，氣溫高到華氏一百度以上㉗。這幾個人看起來一副徹底被打敗的樣子。車裡掛著衣服，後面堆著手提箱、盒子之類的東西。後來，我和哈利合計了一下，打從明尼蘇達州那家銀行拿走了他們的房子、小卡車、拖拉機、農具，和幾頭母牛之後，車上的東西就是他們剩下來的全部家當。

這幾個人在車裡坐了一會，似乎想讓自己先定定神。我們公寓的空調開到了最大。哈利在後面除草。前座的男女經過了一番討論，她和他下了車朝著前門走過來。我先用手壓了壓頭髮，確定一切整齊到位，再等著他們按過兩次門鈴，才開門請他們進來。

㉗ 超過攝氏三十七度。

「你們在找公寓套房吧？」我說。「快進來，裡面涼快。」我帶他們進入客廳。客廳是我洽公的地方。我在這裡收房租，開收據，跟那些對房子感興趣的客人交談。我也會幫人做頭髮。我稱呼自己是髮型設計師。我名片上就是這麼寫的。我不喜歡叫什麼美容師，那種叫法早就過時了。在客廳一個角落，我擺了一把椅子，和一支可以拉到椅子背後的吹風機。洗頭的水槽是哈利在幾年前裝設的。椅子旁邊，還有一張放著幾本雜誌的桌子。雜誌都是過期舊的，有些連封面都沒了，可是客人罩著吹風機的時候看什麼都行，不會計較的。

那男的報了他名字。

「我叫何利茲。」

他跟我說她是他太太。她並不看我，只看著她自己的手指甲。她和何利茲也不坐下。他說他們對其中一間附帶家具的套房很感興趣。

「你們幾個人？」我問這句話只是例行公事。我明知道他們有幾個人，我看見後座有兩個男孩。二加二等於四。

「我跟她還有兩個孩子。一個十三，一個十四，他們兩個合住一個房間，一向如此。」

她抱著胳膊，拽著上衣的袖子，盯著那把椅子和那個水槽，就好像以前從來沒見過似的。也許她真沒見過。

「我幫人做頭髮，」我說。

她點點頭，然後朝著我的「祈願樹」㉘掃了一眼。現在那上面總共只剩下五片葉子了。

「它需要澆水了，」我說。我走過去摸了摸一片葉子。「這裡所有的東西都需要水，空氣裡水分太少。一年最多下三次雨，那還是運氣好的時候。我們都習慣了，不習慣也不行啊。不過這兒到處都有空調。」

「這裡要多少錢？」何利絲想知道。

我跟他說了，他轉過去問她的看法。或者，倒不如說他是轉過頭去看牆壁。她根本連一眼都沒看他。「我想還是要麻煩妳先帶我們去看一下，」他說。於是我拿了十七號的房間鑰匙，我們走了出來。

§

㉘豹紋竹芋，一種熱帶觀葉植物。

我先是聽見了哈利的聲音。

然後才看見他的人出現在兩棟樓房之間。他跟在電動除草機後面，穿著垮褲和T恤，戴著那頂在諾加利斯㉙買的草帽。他的時間都花在除草和一些維修上面。我們兩個人都在同一家公司——富登特拉斯有限公司，這個地方也是屬於公司的。如果有任何主要的設備壞了，好比空調出了問題，或是樓層的管線嚴重故障之類，我們手上有一張單子，求助的電話號碼都列在那上面。

我揮一揮手。我不得不這樣，太吵了。哈利一隻手從除草機的扶手上移開，向我打個招呼，然後他把帽子往前額一壓，又專心去幹他的活了。割完這一頭，轉個向，再往街道的另一邊割下去。

「那是哈利，」我必須大聲吼才行。我們從側邊走進大樓，上了幾層樓梯。「你在哪高就，何利茲先生？」我問他。

「他是農夫，」她說。

「已經不是了。」他說。

「這邊農場好像不多。」我不經意的說。

「我們以前在明尼蘇達有個農場。種小麥，養幾頭牛。何利茲很懂得馬，只要是關於馬的事，他沒有不知道的。」

「行了，貝蒂。」

我心裡有數了。何利茲失業中。這不關我的事，最多也只能替他難過一下。但如果事情真的是這樣——結果，確實是這樣——我們停在這間房子前面的時候，我就必須得說上幾句話。「如果兩位決定好了，就先付第一個月和最後一個月的房租，外加一百五十塊錢的押金。」我看著樓下的游泳池說。有幾個人坐在泳池畔的收摺躺椅上，有一個待在水裡。

何利茲用手背擦擦臉。哈利的除草機劈劈啪啪的開走了。遠處，車輛在卡勒佛德街上風馳電掣。兩個男孩已經下了休旅車。其中一個擺出立正的姿勢，兩腿併攏，兩臂下垂。就在我看著他的時候，他開始上下拍動起兩條臂膀，向上跳躍，就像準備要騰空起飛似的。另一個男孩在休旅車旁邊彎著膝蓋，做蘿蔔蹲。

我轉向何利茲。

「我們先進去看看，」他說。

㉙ Nogales，美國亞利桑納州南部的一個縣市。

我轉動鑰匙，開了門。那只是一個有兩小間臥室、附帶家具的普通公寓房。最常見的那種。何利茲在浴室逗留很久，試了一下抽水馬桶。他看著水箱重新裝滿水。過後，他說，「我們可以睡這間。」他說的是那間看得見游泳池的臥室。在廚房裡，那女的扒著流理台的邊緣盯著窗外看。

「那是游泳池，」我說。

她點點頭。「我們以前住過一些有游泳池的汽車旅館。有一個池子，水裡的氯放得實在太多了。」

我等著她繼續，她卻到此為止了。我也想不出其他的話來接。

「我想我們別再浪費時間了，就住這間吧。」何利茲說這話的時候看著她。這次她對上了他的眼睛。她點頭。他從齒縫裡舒了口氣。忽然她做了一個動作，搭手指。一隻手仍舊扒著流理台的邊緣，另外那隻就在搭手指。搭，搭，搭，好像在叫小狗，又像是要引起哪個人的注意。過一會她不搭了，拿指甲在流理台上畫著。

我不知道那是什麼意思。何利茲也一樣。他動了動腳。

「我們回辦公室去辦個手續吧，」我說。「我很高興。」

我確實很高興。每年這個時間我們的空房特別多。這幾個人看起來還挺可靠的。現在只是運氣比較「背」而已。這跟「缺德」扯不上關係。

何利茲全部付現——第一個月，最後一個月，加上一百五的押金。我看著他數著一張張五十元面額的鈔票。哈利把這叫做「美國大頭格蘭特」㉚，不過他肯定沒看過這麼多「大頭」吧。我開了收據，給他兩把鑰匙。「你的手續都辦齊了。」

他看著鑰匙，遞了一把給她。「好了，我們到亞利桑納了。沒想過妳會親眼見到亞利桑納吧？」

她搖搖頭。她正在摸祈願樹上的一片葉子。

「該澆水了，」我說。

她放開那片葉子，轉向窗戶。我走到她旁邊。哈利仍在除草，他已經轉到前面來了。因為剛才提及農場的話題，一時間，我忽然覺得哈利推著的不是那台百德牌的除草機，而是一台耕田的犁。

我看著他們把盒子、手提箱、衣服從車上卸下來。何利茲拿著一件垂著幾條帶子的

㉚ U.S. Grant，全名Ulysses S. Grant, 1822–1885，美國第十八任總統。

東西。我看了半天，終於看出是一副勒馬的籠頭。我不知道接下來該做什麼，我現在什麼事都不想做，於是就把那些「大頭」從錢櫃裡取出來。我才剛剛把它們放進去，這會兒又拿了出來。這些紙鈔是從明尼蘇達州來的。誰知道下星期它們又會在哪裡？最有可能是拉斯維加斯吧。我對拉斯維加斯的了解僅止於看電視——拼湊起來也不過塞滿一個小頂針而已。我可以想像有一張一定會到達夏威夷的威基基海灘，或者其他地方，邁阿密啦、紐約啦，還有紐奧爾良。我想著其中有一張可能會在紐奧爾良的狂歡節裡交易轉手。這些鈔票可以去到任何地方，任何事情也都可能因為它們而發生。我用鋼筆在「老格蘭特」的大額頭上寫下自己的名字：瑪奇。我用正楷寫的。我在每一張上面都寫了。就寫在他兩條濃眉的正上方。將來人們在消費時就會停下來想，這個瑪奇是誰？他們會自言自語的問著，這個瑪奇究竟是誰？

哈利從外面進來，在我的水槽裡洗手。他明知道我不喜歡他這麼做，但他死性不改。

「從明尼蘇達來的那幾個，」他說。「瑞典人。他們真的是離鄉背井。」他拿紙巾擦乾手。他希望我把知道的情形說給他聽，可是我什麼也不知道。他們一點都不像瑞典人，說話也不像。

「他們不是瑞典人，」我跟他說。他那副德性好像沒聽見似的。

「他幹什麼的？」

「他是農夫。」

「妳怎麼知道？」

哈利摘下帽子，放在我的椅子上。他用手理理頭髮，然後看了看那頂帽子，又把它戴上了。我看他乾脆用膠水把它黏在頭上最好。「這附近哪有什麼農場。妳有沒有告訴他？」他從冰箱取出一罐汽水，坐到他的躺椅上，接著拿起遙控器，按了一下，電視茲茲嚓嚓的開始了。他又再按了好幾個按鈕，終於找到他想看的東西。是一個醫院性質的節目。「那個瑞典人還做些什麼？除了種田？」

我不知道，所以我沒吭氣。哈利已經專心在看他的電視節目，他可能早就忘了剛才問我的問題了。警笛聲在響。我還聽見尖銳的輪胎聲。螢幕上，一輛救護車停在急診室門口，紅色的警號燈一直閃個不停。一個男人跳下來，快跑到車子後面把後車門打開。

第二天下午，兩個男孩借了橡膠水管去洗那輛休旅車。把車子裡裡外外徹底洗了一遍。稍後，我發現她開車出去了。她蹬著高跟鞋，穿一件很不錯的洋裝。大概是去找工作吧，我猜。過了一會，我看見兩個男孩穿著泳褲在游泳池那邊瞎混。一個從跳板跳下去，一口氣潛泳到池子的另一頭。他衝出水面一面打水，一面甩頭。另一個，就是前一天做蘿蔔蹲的那個，他在泳池較遠的一邊，趴在一條大毛巾上。這個男孩不停來來回回的從池子這端游到那端，一觸到牆壁，腳一蹬一踢，掉個頭再游。

另外還有兩個人在。他們隔著泳池，面對面的坐在安樂椅上。其中一個是艾文．考伯，在丹尼斯㉛當大廚。他管自己叫做史巴茲。大家都習慣了這個稱呼，史巴茲，都不再叫他「阿文」或是其他一類的綽號了。史巴茲五十五歲，禿頭。他看起來已經快成牛肉乾了，可他還是要曬太陽。他的新老婆，琳達．考伯，現在在凱瑪特㉜上班。史巴茲上晚班。好在他和琳達．考伯做了一些調整，週六日兩個人可以一起休假。康妮．諾瓦佔了另一張椅子。她坐直了身子在腿上擦防曬乳。她幾乎全裸——只有一套小到不能再小的兩件式泳裝遮體。康妮．諾瓦是雞尾酒吧的服務生。六個月前，她跟她所謂的未婚夫，一個酒鬼律師，一塊兒搬進來這裡，不過她已經把他轟走了。現在同住的是個長頭髮的大學生，他的名字叫瑞克。我剛好知道那男生現在不在，探望家人去了。史巴茲和康妮都戴著墨鏡。康妮的手提收音機開著。

史巴茲一年多以前搬進來的時候是個鰥夫，剛死了老婆。單身幾個月之後，他就娶了琳達。她當時三十多歲，一個滿頭紅髮的女人。我不知道他們是怎麼認識的。反正，幾個月前的一天晚上，史巴茲和這位新上任的考伯太太邀我和哈利過去吃晚飯，史巴茲親手調理的美食。餐後，我們坐在他們的客廳喝著大玻璃杯裝的甜酒。史巴茲問我們想不想看錄影帶。我們說好。史巴茲架設好螢幕和放映機。琳達．考伯再為我們斟上甜酒。看看電影有什麼關係？我跟自己說。史巴茲開始放映他跟死去的老婆同遊阿拉斯加的影片。影片從她在西雅圖上飛機開始。史巴茲邊操控放映機邊講解。死者當時五十多歲，很漂亮，雖然有一些些發福。她的頭髮很好看。

「這是史巴茲的前妻，」琳達．考伯說。「也就是第一任的考伯太太。」

「她叫伊芙琳，」史巴茲說。

這位第一任太太在螢幕上待了很久。一邊看著螢幕上的她，一邊聽著他們談論她，那感覺很怪。哈利瞄了我一眼，我知道他也有些同感。琳達．考伯問我們想不想再來一杯，或是吃一塊杏仁餅。我們說不必了。史巴茲又說了些關於第一任考伯太太的往事。

㉛ Denny's，美國知名連鎖餐廳。

㉜ Kmart，美國第二大超市，僅次於沃爾瑪（Walmart）。

她仍舊站在飛機的入口處，微笑著，嘴巴在動，但我們聽見的只是影片在放映機上轉動的聲音。那些旅客必須繞過她才能上飛機。她繼續朝著相機揮手，在史巴茲的客廳裡朝著我們揮手。她一揮再揮。「伊芙琳又來啦，」這一任的考伯太太只要看見螢幕上出現前一任的考伯太太就會這樣說。

史巴茲肯定可以放上一整晚的電影。我們說我們得走了，哈利找了個藉口。我已經不記得他怎麼說的。

康妮．諾瓦躺在椅子上，墨鏡遮住了半張臉。她的腿和肚子都閃著油光。有一晚，就在她搬進來不久，她開了一個派對。那是在她踢掉律師，跟長髮男交往之前。她把這個派對稱作是「喬遷趴」。我和哈利都受到邀請，還有一大票人。我們去了，才不管那些人是誰。我們選了一個靠近門的地方坐下來，這一坐就坐到走為止，其實也沒有坐太久。康妮的男朋友搞了一個開門有喜的抽獎活動。獎品是由他免費代辦離婚手續的律師提供，不管是誰一律免費。他拿一個碗讓大家傳遞下去，有興趣的人就從碗裡抽出一張卡片。抽獎的碗傳到我們兩個人的時候，大家都哈哈大笑起來。我和哈利互相交換一個眼色，我沒抽，哈利也沒抽。可是我看見他瞟著碗裡的那堆卡片。他搖了搖頭，把碗傳給下一個人。想不到連史巴茲和新任的考伯太太都抽了卡片。中獎的卡片背後寫了一些字。「持有本卡片者可免費辦理無異議離婚一次，」接著是律師的簽名和日期。律師是個酒鬼，可我總覺得這樣作踐自己的人生是不對的。除了我們倆，大家都把手伸進了碗裡，好像那真是一件很好玩的事。抽中卡片的那個女人拚命拍手，很像在參加某個遊戲節目似的。「嗨呀，這可是我第一次中大獎呢！」我聽說她有個丈夫在軍中，只是不知道現在還有沒有這個人，或者是不是已經離掉了，因為康妮．諾瓦跟這律師分道揚鑣之後，連朋友也全部換了一批。

抽獎完我們就離開了。受到這個派對的影響，我們兩個都不太想說話，不過有人還是說了一句，「我簡直不敢相信我的眼睛。」

也許是我說的吧。

一星期後，哈利問起瑞典人——他指的是何利茲——找到工作沒有。我們剛吃完午餐，哈利拿了罐汽水坐在他的椅子上，只差沒打開電視。我說我不知道，我真的不知道。我等著看他還要說什麼。他什麼也不說，只是搖了搖頭，似乎在想事情。然後他一按遙控器，電視活過來了。

她找到了一份工作，在離這兒幾條街的一家義大利餐館當服務員。她上分段班，忙完午餐時段就回家，過後再回去當晚餐時段的班。她每天忙進忙出，兩個男孩整天游泳，何利茲整天窩在公寓裡。我不知道他在屋裡做什麼。有一次，我幫她做頭髮，她稍微跟我說了一些事情。她說高中畢業的時候做過女服務生，就在那時候認識了何利茲。在明尼蘇達的某個餐館裡，她為他端了幾張薄餅。

那天早上她下樓來，問我可不可以幫她一個忙。她希望我能在她當完午班之後幫她整理頭髮，好讓她趕得及去上晚班。她問我可不可以？我說我要查一查預約的時間。我請她進來，因為外面鐵定已經超過了華氏一百度。

「我知道不該這樣臨時通知妳，」她說。「可是昨天晚上下班回家，一照鏡子，看見我的髮根都露出來了。我跟自己說，『我一定要整頓一下了。』我真不知道還能去哪兒。」

我在本子上找到八月十四日，星期五。整頁空白。

「下午兩點半吧，要不三點也可以，」我說。

「三點比較好，」她說。「現在我得趕緊走了，要遲到了。我老闆是個不折不扣的渾球。待會見。」

兩點半的時候，我跟哈利說我有顧客上門，他必須進臥室裡去玩他的棒球電玩。他抱怨了幾句，捲起電線，把整套遊戲機推到了後面的房間，關上房門。我確定一切都已準備就緒，把幾本雜誌放到隨手可拿的位置，然後坐在吹風機旁邊銼指甲。我穿上洗頭剪髮專用的玫瑰色制服。我一面銼著指甲，一面不時的抬頭望窗口。

她走過窗口揿了門鈴。「進來吧，」我喊著。「門沒鎖。」

她身上仍舊穿著黑白兩色的上班制服。我發現我們兩個都穿著制服。「坐下來，親愛的，我們開始吧。」她看著那把指甲銼刀。「我也給人修指甲，」我說。

她坐進椅子，深深的吸了口氣。

我說，「頭往後一點。對。可以把眼睛閉上，好嗎？放輕鬆。我先給妳洗洗頭，再來處理這些髮根。妳有多少時間？」

「五點半以前就要趕回去。」

「來得及。」

「我可以在當班的時間吃一點東西。何利爾和兩個孩子的晚餐，我就不知道該怎麼辦了。」

「妳不在，他們也會過的啦。」

我開始放熱水，這時才發現哈利把一些泥巴和草留在水槽裡，我把它們擦乾淨了再放水。

我說，「只要他們願意，可以去街上那家漢堡店。那也不壞啊。」

「他們不會去的。再說，我也不希望他們去那兒。」

反正這不干我的事，我不再多說。我揉出一堆漂亮的泡沫，開始洗頭。我幫她洗完頭，沖乾淨，捲好捲子，再罩上吹風機。她眼睛閉著，我看她可能睡著了。我拿起她的一隻手，準備修指甲。

「不用修指甲。」她睜開眼，把手抽了回去。

「沒關係的，第一次修都免費。」

她再度把手交給我，一面拿起一本雜誌擱在腿上。「那兩個是他的孩子，」她說。「第一次婚姻留下來的。我們認識的時候，他離婚了。不過我把他們兩個當自己親生的孩子一樣，愛到了極點。就算親生母親也不過如此吧。」

我把烘乾機調低一度，讓聲音安靜一些。我繼續修整她的指甲，她的手漸漸放鬆了。

「十年前，新年元旦，她甩開他們，甩開何利茲和兩個孩子，走了。之後他們再沒有聽過她的消息。」我看得出她很想跟我聊這些，我倒無所謂。一般客人坐上這椅子都喜歡閒聊。我只管用銼刀繼續銼著指甲。「何利茲離了婚。後來他跟我開始交往。後來我們就結婚了。很長一段時間，我們過得很自在。雖然生活中有起有落，但我們覺得還是有努力的目標。」她搖搖頭。「後來出了大事。何利茲出了大事，我指的是，他迷上了馬。特別是那匹參賽的馬，他把牠買了下來，妳知道——就是先付一筆頭期款，再每個月分期繳付的那種。他常帶牠去賽馬場。每天照常天沒亮就起床，照常幹些雜活兒。我以為一切還好。其實我什麼都不知道。說實在的，服務生的工作我並不在行。我看只要隨便一個藉口，這些義大利佬馬上就會炒我魷魚，說不定連藉口都不必。萬一我真的被炒掉了該怎麼辦？那以後該怎麼辦啊？」

我說，「別擔心，親愛的，他們不會要妳走路的。」

她很快又拿起另一本雜誌，卻沒打開。她拿著它繼續說話。「還是回頭說那匹馬吧，『快咖貝蒂』。說起貝蒂這個名字也是個笑話，他說只要用了我的名字，穩贏。沒錯，絕對是個超級大贏家。事實上，牠是每跑必輸，每一次都是哦。『衰咖貝蒂』——我看應該叫這名字才對。剛開始，我去看了幾場比賽。這匹馬的賠率總是九十九比一，機率總是這樣。何利茲最了不起的一點就是固執。他硬是不服輸。他不斷下注，不斷下注。二十塊賭一局，五十塊賭一局，加上其他零零碎碎養馬的成本費用。聽起來好像不是什麼大數目，可是累積起來就很驚人。而且賠率又像那樣——妳知道的，九十九比一——有時候他還會買套票。他常常問我知不知道如果這匹馬贏了可以進帳多少，問題是牠從沒贏過。我後來就不去看了。」

我繼續忙我的活兒，專心對付她的指甲。「妳的指甲板很漂亮，」我說。「妳看這裡。看到這些月牙沒？這表示妳的氣血很好。」

她抬起手靠近了看。「妳怎麼知道？」她聳聳肩膀，再把手交到我手裡。她還有話要說。「有一次，我讀高中的時候，輔導老師叫我進她的辦公室。所有的女孩都會被她叫到，一次一個。『妳有什麼夢想啊？』那女人問我。『十年後妳會幹什麼？二十年後呢？』當時我才十六七歲，只是個孩子，我想不出來該怎麼回答，只能像個傻蛋似的坐在那兒。那個輔導老師差不多是我現在的年紀。當時我覺得她好老。她老了，我跟自己說。我知道她的人生已經過了一半。我自認為我懂得比她還多，有些事情她根本就不懂。那是個祕密，是一件不能讓人家知道、也不能提的事情。所以我保持沉默，只搖了搖頭。她八成把我看成是個笨蛋。我什麼也不能說。妳明白我的意思嗎？我自以為我懂得的事情，她連猜都猜不到。現在，如果再有誰問我同樣的問題，關於我的夢想之類的，我一定會把答案告訴他們。」

「妳會怎麼告訴他們呢，親愛的？」現在我已經握起她的另外一隻手，但我沒有修剪她的指甲，只是握著它，等候她的回答。

她在椅子上挪挪身子，想要抽回那隻手。

「妳會告訴他們什麼？」

她嘆了口氣往後一靠，由著我握著她的手。「我要說，『這夢，你知道吧，是你會從中醒過來的一種東西。』我就會這麼說。」她撫平了大腿部分的裙子。「只要有人問，我就會這麼回答，不過現在沒有人問了。」她又吁了一口氣。「還要多久？」她說。

「快了，」我說。

「那種感覺妳是不知道的。」

「我知道，」我說。我把凳子拉到她跟前，正要開始敘述我們搬來此地之前和之後的狀況，哈利偏偏選在這時候從臥室出來。他並不看我們。我聽見臥室裡電視嘰哩嘎啦的聒噪著。他走到水槽接了一杯水，仰起頭大口喝著，他的喉結在喉嚨口不斷的上上下下。

我移開吹風機，摸摸她兩側的頭髮，把一球頭髮稍微拉高一些。我說，「妳整個煥然一新了，親愛的。」

「我指望的就是這個。」

兩個男孩仍舊整天游泳，天天游，一直到開學為止。貝蒂仍舊在上班。也許有什麼原因，她不再來做頭髮了。我也不知道到底為了什麼，也許她嫌我做得不夠好吧。有時候，當我躺著睡不著，而哈利在我旁邊睡得像塊磨刀石那樣沉的時候，我會設身處地站在貝蒂的立場想著，假如我是她，我也不知道我該怎麼辦。

在九月和十月的第一天，何利茲派他一個兒子送房租過來。他仍舊是付現。我從男孩手中接過現金，當面點清，開立收據。何利茲好像找到了什麼工作。我不是很清楚。他每天開著休旅車出去。我看他一早出門，下午很晚才回來。而她是每天上午十點半經過窗口，下午三點回來。她只要看見我，就揮一下手，不過沒有笑容。然後到了五點，我又會看見貝蒂走回飯館。過一會兒，何利茲就開車回來了。就這樣持續的過到了十月中。

同樣在這段時間裡，何利茲夫婦認識了康妮·諾瓦和她的長髮男友，瑞克。也巧遇了史巴茲和那位新任的考伯太太。有些時候，逢星期日下午，我會看見他們坐在泳池畔，喝著手裡的飲料，聽著康妮的隨身聽。有一次，哈利說他瞧見他們聚在大樓後面那塊烤肉區。當時他們也是穿著泳裝。哈利說，瑞典人的胸部壯得像頭牛似的。他說他們吃著熱狗喝著威士忌，說他們全都喝醉了。

一個星期六，晚上十一點多，哈利在椅子上睡著了。這下我又得起來關掉電視。在我起身的時候，我知道他醒了。「妳幹嘛關掉？我正在看這個節目。」他就是這麼說的。他每次都這麼說。反正，電視就讓它開著吧。我頭上上了髮捲，腿上放著雜誌。時不時的我會抬頭看一眼，但我定不下心來看電視。他們那幾個人都聚在游泳池那邊——史巴茲和琳達．考伯，康妮．諾瓦和長髮男，何利茲和貝蒂。我們這裡有個規定，十點以後不准任何人逗留在外面。今天他們不甩那些規定。要是哈利醒著，他是會跑出去說話的。我覺得偶爾讓他們開開心也無妨，不過也該結束了。我不斷站起來走到窗口。除了貝蒂，其餘的都穿著泳裝。她仍舊穿著那套制服。只是把鞋脫了，手裡拿著杯子，跟其餘那些人一樣喝著酒。我一再延遲關電視的時間。忽然他們中間有人大聲喊了些什麼，另外一個附和著哈哈大笑。我看見何利茲喝光了酒，放下杯子，走向那個涼亭。他拉過一張桌子爬上去。然後——好像完全不費力似的——一下子就上了涼亭的屋頂。果然，我心想著：他真的很強。長髮男起勁的拍手，一副很亢奮的樣子。其他幾個也跟著起鬨。我知道這下真的該出去制止了。

哈利整個癱在椅子上，電視仍開著。我輕輕推開門，走出去，再把門帶上。何利茲站在涼亭的屋頂上，大夥在慫恿他。他們說，「跳啊，你一定可以的。」「千萬別肚皮先著水啊。」「我看你怕了吧。」這一類的話。

這時我聽見了貝蒂的聲音。「何利茲，想清楚你自己在幹嘛。」何利茲只是站在屋簷上。他低頭看著池裡的水，似乎在考慮要多長的助跑才能一跳成功。他退到屋頂最遠的一頭，朝手掌心吐了些口水，兩手一搓。史巴茲嚷著，「這就對啦，小夥子！現在跳就對啦。」

接著，我看見他砸上了游泳池的邊緣，也聽見他砸在地上的聲音。

「何利茲！」貝蒂哭喊。

大夥一擁而上。等我趕到那裡的時候，他坐起來了。瑞克把著他的肩膀，衝著他的臉大吼。「何利茲！嘿，老哥！」

何利茲的前額裂了好大一個縫，兩眼呆滯。史巴茲和瑞克扶他坐到椅子上，有人遞了條毛巾給他。何利茲握著那條毛巾，好像不知道該拿它來做什麼。又有人遞給他一杯飲料，何利茲也不知道該拿它來做什麼。大家不斷的跟他說話。何利茲把毛巾舉到臉上，再拿開它，看著上面的血。他只是看著，似乎什麼都不明白了。

「我來看看，」我轉到他前面，情況很糟。「何利茲，你還好嗎？」何利茲只是看著我，接著眼神就飄走了。「我看得趕緊把他送去急診室。」我說這話時，貝蒂看著我搖了搖頭。她再回頭看著何利茲，再遞給他一條毛巾。我認為她應該是清醒的。其餘的人全都醉了。說他們醉了還算是客氣呢。

史巴茲接著我的話。「我們快送他去急診室吧。」

瑞克說，「我也去。」

「我們全部都去，」康妮．諾瓦說。

「現在我們一定要一起行動，」琳達．考伯說。

「何利茲，」我再一次叫他的名字。

「我不能去，」何利茲說。

「他說什麼？」康妮．諾瓦問我。

「他說他不能去，」我告訴她。

「去什麼？他在說什麼？」瑞克想要知道。

「再說一次？」史巴茲說。「我沒聽見。」

「他說他不能去，我看他根本不知道自己在說什麼。你們最好趕緊送他去醫院，」我說。忽然我想起了哈利和那些規定。「你們不應該出來的，不管是誰。我們有規定。快走吧，送他去醫院。」

「我們送他去醫院吧，」史巴茲的口氣就好像這主意是剛剛由他想出來的。他比他們幾個醉得還要厲害，最明顯的一點就是，他連站都站不穩了。他搖啊晃的，一會兒抬腳，一會兒又放下。他的胸毛在池畔的燈光下白得像雪。

「我去開車。」這句話是長髮男說的。「康妮，車鑰匙給我。」

「我不能去，」何利茲說。毛巾落到了他的下巴上，而傷口卻在他的前額。

「幫他把那件毛巾浴袍拿來，他不能這副樣子去醫院。」琳達．考伯說。「何利茲！何利茲，是我們啊。」她等了一會兒，忽然拿起何利茲手上那杯威士忌，喝了一口。

我看見有幾戶的窗口站了一些看熱鬧的人，燈光亮起來。「睡覺啦！」有人在吼。

最後，長髮男把康妮的小「日產」[33]從大樓後面直接開到游泳池邊，亮著大燈，引擎在跑。

「搞什麼嘛，睡覺啦！」還是那同一個人在吼。更多的人聚到窗口來。我真希望看到哈利突然出現，戴著帽子，火冒三丈的樣子。再一想，不必了，他都睡死了。忘了哈利吧。

史巴茲和康妮．諾瓦一邊一個架著何利茲。何利茲沒辦法走一直線，他東倒西歪。一部分因為他醉了，更大的原因是他把自己摔慘了。他們把他塞進車子裡，其他的人也全部擠進去。貝蒂最後一個上車，她必須坐在誰的腿上才行。車子開走了。一直在吼的那個人砰的關上了窗子。

接下來的一個星期，何利茲沒有出過門。我以為貝蒂已經辭去了工作，因為我再沒看見她經過窗前。那天看見兩個男孩走過，我趕出去開門見山的問他們，「你們爸爸還好嗎？」

「他摔傷了腦袋，」一個說。

㉝日產（Nissan）在一九三二—一九八三期間使用得勝（Datsun）的商標。

我等著，希望他們多透露一些，可是沒有。他們聳聳肩，揣著便當盒和講義夾上學去了。過後，我很後悔沒問起他們繼母的情況如何。

再看見何利茲出來的時候，他綁著繃帶，站在自家的陽台上。他甚至連頭都不點一下，就好像不認識我，或者說，根本不想認識我的樣子。哈利說他得到的也是同等待遇，他很不喜歡。「他是怎麼了？」哈利很想知道。「這個瑞典佬。他的腦袋怎麼了？是被人海扁了還是怎麼地？」哈利說這些話的時候，我沒跟他多說什麼，我不想牽扯進去。

那個星期天的下午，我看見其中一個男孩拿了一個盒子放進休旅車，又走回到樓上，一會兒又抱了一個盒子下來，也把它放進車子裡。這時候我才知道，他們準備離開了。我沒把這些事告訴哈利，反正他很快就會知道了。

第二天早上，貝蒂派一個男孩帶了張字條過來。字條上寫說她很抱歉，但是他們非搬家不可了。她給了我她妹妹在印地歐㉞的地址，她說可以把押金直接寄到那兒。她特別指出，在租約到期前八天就會搬走。她希望多少能退還一些款項，雖然他們沒有按照三十天以前提出退租通知的規定。她說，「感謝所有的一切，也感謝那次幫我做頭髮。」她在便條紙上簽了，「誠摯的，貝蒂・何利茲。」

「你叫什麼名字？」我問男孩。

「比利。」

「比利，代我轉告她，說我真的很難過。」

哈利讀了她寫的字條，他說他們想看到「富登特拉斯」的退款，那可有得等了。他說他真搞不懂這些人。「這些人活著就好像全世界都欠他們錢似的。」他問我他們準備去哪裡。他們要去哪裡我哪知道。也許回明尼蘇達吧。我怎麼知道他們要去哪？不過我看他們不會回明尼蘇達，大概會去別的地方試試運氣吧。

康妮・諾瓦和史巴茲的躺椅還是擺在老地方，隔著游泳池面對面。時不時的，他們看著何利茲家的兩個孩子把東西一樣一樣的搬上休旅車。一會兒何利茲也出來了，手臂上搭著幾件衣服。康妮・諾瓦和史巴茲衝著他喊著，揮著手。何利茲看看他們，一副不認識的樣子。忽然他也把另一隻空著的手舉了起來，但只是舉著而已。他們拚命的揮手。這時何利茲也揮手了，他不斷的向他們揮著，甚至對方不揮了，他還在揮。貝蒂下樓來碰碰他的臂膀。她沒有揮手，連看也不看他們一眼。她對何利茲說了句什麼，他就

㉞ Indio，美國加州地名。

朝著車子走過去。康妮．諾瓦躺回椅子上，伸手打開收音機。史巴茲拿著墨鏡，望著何利茲和貝蒂看了一會，然後戴好墨鏡，坐回他的躺椅，繼續曬他那一身老皮。

終於，他們把所有東西都裝上了車，準備出發了。兩個男孩坐在後座，何利茲坐在駕駛盤後面，貝蒂坐在他旁邊的座位。就跟他們當初開車來這裡的時候一個樣。

「妳在看什麼？」哈利說。

正好是休息的空檔，他坐在椅子上看電視。現在他站起來走到窗口。

「唔，他們要走了。既不知道要走去哪裡，也不知道要去幹嘛。標準的瑞典瘋子。」

我看著他們駛出停車場轉上通往高速公路的街道。我再回頭看哈利，他又坐回他的椅子。手裡一罐汽水，頭上戴著草帽。那副德性就好像之前什麼事也沒發生過，之後也絕不會有什麼大事發生。

「哈利？」

想當然的，他聽不見。我走過去站在他的椅子前面，他吃了一驚。他不明白這是怎麼一回事，往後一靠，坐在那裡看著我。

電話響了起來。

「不去接電話？」他說。

我不答腔。幹嘛非要我接？

「那就讓它去響吧，」他說。

我去找了拖把、抹布，鋼絲棉刷和水桶。電話不響了。他照舊坐在他的椅子上，只是把電視關了。我拿了萬能鑰匙走出來，上樓到十七號房。我開門進去，穿過客廳到廚房——曾經是他們的廚房。

流理台擦洗過了，水槽和碗櫥也很乾淨。挺不錯的。我把清潔用具擱在爐台上，走去浴室看了一眼。問題不大，沒有鋼絲棉刷對付不了的事。然後我打開那間可以望見游泳池的房間門。百葉窗拉起來了，床罩也撤了。地板晶亮。「多謝啊，」我大聲的說。不管她去哪裡，我都祝福她事事如意。「祝妳好運，貝蒂。」五斗櫃一只抽屜開著，我過去把它關上。但就在這抽屜最裡面的一個角落，我瞧見了他剛到這裡時帶來的那副馬勒，一定是匆忙之間忘記拿了，但也有可能不是。也許是男主人故意留下來的。

「馬勒，」我說。我把它拿到窗口，湊著亮光仔細看。沒什麼特別，只是一副老舊的，深色皮革製的馬勒。我對這東西不太懂。我只知道它有一部分是扣在馬嘴裡的。那個部分叫做馬口銜，用不鏽鋼打造的。韁繩套過馬頭，一路牽到馬脖子，剛好勒在手指中間。騎馬的人只要這邊那邊的拉動韁繩，馬兒就會跟著轉。很簡單。馬嚼子很重很冷，如果嘴裡每天咬著這麼個東西，我看你再笨也得懂了。只要感覺它一拉一扯，你就知道時候到了，你就知道該上路了。

12 大教堂

這個瞎子，是我太太的一個老朋友，他正在路上，要來我們家過夜。他太太死了，所以他上康乃狄克州拜訪他太太生前的一些親戚。就在那些親戚家裡，他給我太太打了電話，做好了安排。他搭火車過來，車程四個小時，到時候我太太會去車站接他。十年前的一個夏天，她曾經在西雅圖為他工作過，之後再沒碰過面。但是她跟這個瞎子始終保持聯繫，還錄了一些錄音帶，互相寄來寄去。我對他的來訪並不熱中。我根本不認識他。再說，他眼睛看不見這件事也令我很心煩。我對瞎眼的印象都來自於電影。在電影裡，瞎子總是行動緩慢，毫無笑容。有時候他們還需要導盲犬帶路。家裡來了個瞎子，可不是一件我樂見的事。

在西雅圖的那個夏天，她需要一份工作。她沒有錢。那個夏末，她準備要嫁的那個男人還在軍官培訓班上課，他也沒有錢。可是她愛戀他，他也愛戀她，諸如此類，點點點點。她在報紙上看到一則廣告：徵求——為盲人朗讀，附帶了一個電話號碼。她撥完電話前去應徵，當場就錄取了。那一整個夏天，她都在他那裡工作，為他朗讀資料、案例，研究報告之類的東西。他在縣政府社會服務部有個小辦公室，她也去幫忙打理。兩個人變成了好朋友，我太太跟這個瞎子。我怎麼會知道這些事情？還不就是她告訴我的。她還告訴了我別的事。上班的最後一天，在小辦公室裡，那瞎子問她可不可以摸摸她的臉。她同意了。她跟我說他的手指觸摸著她臉上的每一個部位，她的鼻子——甚至她的脖子！令她永生難忘。她甚至還試著為這個難忘的經驗寫了一首詩。她一直在練習寫詩，每年寫一兩首，通常都在發生了什麼重要的大事之後。

我們剛開始交往的時候，她給我看過那首詩。詩中，她回憶著他的手指，回憶著那些手指如何在她的臉上移動。詩中，她描寫她當時的感受，在那瞎子觸摸她的鼻子和嘴唇時，她心裡的悸動。我現在還記得，當時我對那首詩實在沒太大感覺。當然，我並沒說出來。也許是因為我不懂詩。我承認，就算我想讀點什麼，詩也絕對不會是我的首選。

總之，最先博得她好感的那個男人，那位準軍官，是她青梅竹馬的戀人。所以沒事。我的意思是，那年夏末，她讓那瞎子的手在她臉上走過一遍，她跟他說再見，嫁給了她兒時的戀人，諸如此類，點點點點。那個青梅竹馬如今已是現役飛官，而她卻離開了西雅圖。不過他們，她跟那個瞎子，一直有聯繫。她是在一年以後主動跟他聯絡上的。有一晚，她從阿拉巴馬的一個空軍基地打電話給他。她想聊天，他們倆就聊了開來。他請她寄一卷錄音帶給他，告訴他現在的生活情形。她照做了，寄出了錄音帶。在帶子上，她把她丈夫，還有他們夫妻在軍中的生活情形，都說給那個瞎子聽。她告訴瞎子她愛她丈夫，但是她不喜歡他們住的地方，也不喜歡他是軍事產業裡的一部分。她告訴瞎子她寫了首詩，詩裡有他。她告訴他，目前她在寫一首關於當一個空軍軍官太太的詩，這一首還沒寫完，還在進行中。瞎子也錄製了一卷帶子，寄給了她。她再錄好帶子寄過去。如此這般的行之有年。我太太的飛官丈夫從這個基地調到另個基地。她的錄音帶有從穆迪寄出的，有從麥奎爾、麥克康奈爾寄出的，最後是從薩克拉曼多附近的特拉維斯寄出，那一夜她感覺特別孤單落寞，她覺得自己在東調西走的生活當中隔離了人群，失去了朋友。她感覺自己再也走不下去了。她走進房間，把藥櫃裡的藥片藥丸一股腦的吞下去，再灌掉一整瓶的琴酒，然後洗了個熱水澡，昏死過去。

結果她沒死，卻吐了。吐了一地。她的飛官丈夫——何必要知道名字？反正就是青梅竹馬的戀人嘛，還要怎樣？——從外面回家，發現她的情形，叫來了救護車。她很快把這件事錄下來，寄去給瞎子。幾年下來，她把所有大大小小的事情都錄在帶子裡，隨錄隨寄。依我看，繼每年一首詩作之外，這就是她最主要的消遣活動了。在一卷錄音帶裡，她告訴瞎子說，她決定跟她的飛官丈夫分居一段時間。在另一卷錄音帶裡，她跟他提到離婚的事。這時候我和她開始交往，當然她也告訴了瞎子。她對他無話不說，至少我覺得是如此。有一次，她問我想不想聽瞎子寄來的最新錄音帶。那是一年前的事。帶子裡有提到我，她說。所以我就說好吧，我聽。我倒了兩杯酒，我們坐在客廳裡，準備就緒。她把帶子插進錄音機，調了兩個轉鈕，再推一下控桿。錄音帶發出吱吱吱的怪聲，接著有個人用大得不得了的聲音開始說話。她把音量調低。講了幾分鐘無傷大雅的閒話之後，我聽見自己的名字從這個陌生人口中吐了出來，這個我根本不認識的瞎子！接著來了這麼一句：「從妳說的那些話裡，我只能得出這樣的結論——」可是就在這時候，我們被打斷了，好像有敲門聲之類的，後來我們就再也沒回頭聽那卷帶子。不聽也罷，反正該聽的都已經聽到了。

現在，就是這個瞎子要來睡在我的屋子裡了。

「也許我可以帶他去打保齡球，」我對我太太說。她正在流理台切洋芋片，聽到我說的話，便放下手邊的刀子轉過身來。

「如果你愛我，」她說，「你就好好為我做這件事。要是不愛我，那就什麼都別做。哪，如果你有個朋友，隨便什麼朋友，現在這個朋友要來家裡作客，我一定會讓他覺得舒服又自在。」她用擦碗巾擦了擦手。

「我沒有什麼盲人朋友，」我說。

「你什麼朋友都沒有，」她說。「就是這樣。再說，」她說，「真是太過分了，人家剛死了老婆呀！你不懂嗎？人家剛剛失去了老婆！」

我不吭聲。她跟我提過一些關於那瞎子老婆的事，她的名字叫比尤拉。比尤拉！這是一個有色人種的名字。

「他老婆是個『黑皮』嗎？」我問。

「你瘋啦？」我太太說。「你是哪根筋不對了？」她拾起一個馬鈴薯。我看著它被砸到地板上，再滾到爐台底下。「你到底怎麼了？」她說。「你喝醉了嗎？」

「我只是隨便問問，」我說。

也就在這時候，我太太又灌輸了我一堆我不怎麼感興趣的細節部分。我倒了杯酒，坐在廚房餐桌旁聽著。片片斷斷的故事逐漸拼湊成形了。

那年夏天我太太辭掉那份差事之後，比尤拉開始為那瞎子工作。沒多久，比尤拉和那瞎子就去教堂結婚了。很小很小的一個婚禮——說實在的，有誰願意去參加那樣的一場婚禮？只有他們兩個人，加上牧師和牧師太太。不過，它畢竟還是一場很正式的教堂婚禮。比尤拉要的也就是這個，他說過。只是比尤拉當時已經得了乳腺癌。他們如膠似漆的生活了八年之後——按照我太太的說詞，如膠似漆——比尤拉的健康狀況急速惡化。她死在西雅圖一間醫院的病房裡，瞎子始終陪伴在她病床邊，執著她的手。他們結婚，一起生活，一起工作，一起睡覺——當然，性行為是一定有的——最後這個瞎眼的男人還得親手把她埋葬。經過了這所有的一切，他居然連那女的長什麼樣都沒見過。這簡直太超過我的理解能力了。聽了這些細節，我倒是對這個瞎子有點難過起來。同時，我發現自己也在為那個女人可憐的一生感到唏噓。想想看，一個永遠都不能在自己心愛的男人眼裡看到自己的女人。一個日復一日的這樣生活著，卻從來聽不到心愛的男人說一兩句恭維話的女人。一個自己的丈夫從來讀不到她臉上喜怒哀樂表情變化的女人。一個化不化妝都可以的女人——對他來說有什麼差別？只要她願意，她可以把一隻眼睛塗上綠色眼影，在鼻孔裡鑽一根針，穿條黃褲子配一雙紫鞋，都無所謂。然後，這個女人就這麼死了，那瞎子的手按在她的手上，他失明的眼睛裡漫著淚水——我想像著——她最後的一個念頭可能是：他甚至連她的長相都不知道，她卻已經上了通往墳墓的特快車。她給勞勃留下了一小筆保險金和半塊二十披索的墨西哥硬幣。另外那一半跟著她進了棺材。真可悲。

時間轉啊轉的很快就到了，我太太去車站接他。我除了等候，無事可做——我當然要怪他，都是他害的——就在我喝著酒、看著電視的時候，聽見車子開進了我們家的車道。我拿著酒杯從沙發站起來，走到窗口張望。

我看見我太太邊停車邊笑。我看見她下車關車門。她臉上一直掛著笑容。這真是神奇啊。她繞到車子另一邊，那瞎子已經在下車了。那瞎子，想得到嗎，他居然留著落腮鬍！一個留鬍子的瞎子！太過分了，我說。瞎子搆到後座拖出一只手提箱。我太太挽著他的手臂，關好車門，一路說著話，牽引他走過車道，踏上前門廊的台階。我關掉電視，乾了酒，沖洗完杯子，把手擦乾，接著走到門口。

我太太說，「我來給你介紹勞勃。勞勃，這是我先生。他的事我都跟你說過了。」她含著笑，拽著那瞎子的大衣袖子。

瞎子放下手提箱，伸出手。

我握住。他勁道十足的抓著我的手，握一會再放開。

「我覺得我們好像早就認識了，」他的聲音渾厚低沉。

「彼此彼此，」我說。我不知道還能說什麼，於是我說，「歡迎。久仰了。」我們開始移動，一個三人小組，從門廊移入了客廳。我太太拉著他的手臂做引導。瞎子用另一隻手提著箱子。我太太不時的提醒著，「向左轉，勞勃。對。小心，有椅子。對了。可以坐下來了。這是沙發。這沙發我們兩個禮拜前才買的。」

我說了一些關於那張舊沙發的事，我很喜歡那張舊沙發，但我一句也不提。我想聊些別的，純粹閒聊，譬如說沿著哈德遜河開車兜風；譬如搭火車「進」紐約，應該坐在右手邊，如果「出」紐約，就該坐左手邊。

「你這一路坐火車過來還愉快嗎？」我說。「對了，你靠哪一邊坐的？」

「這什麼問題啊，靠哪邊坐！」我太太說。「靠哪邊有什麼關係？」她說。

「隨便問問嘛，」我說。

「右邊，」瞎子說。「我差不多有四十年沒坐火車了。那時候還是小孩子，跟著父母親。太久了，我幾乎完全忘記那種感覺了。現在連我的鬍子裡都有寒冬的味道了，」他說。「這是人家說的。我看起來很特別嗎，親愛的？」瞎子對我太太說。

「你看起來很出眾，勞勃，」她說。「勞勃，」她說。「勞勃，見到你真好。」

我太太的視線終於離開了瞎子，轉而看著我。我有種感覺，她很不喜歡看到我現在這副德性。我聳了聳肩膀。

我從來沒碰過，或是認識過，任何一個盲眼的人。這位盲眼客接近五十歲，一個體格魁梧的禿頭男，垮著肩膀，好像扛著不可承受的重。他穿褐色的長褲，褐色的皮鞋，淺褐色的襯衫，打一條領帶，一件休閒式的西裝外套。很出色。當然還有那一臉的大鬍子。不過他沒有拄枴杖，也沒有戴墨鏡。我一直以為墨鏡是盲人的必備品。老實說，我還真希望他戴著。乍看之下，他的眼睛跟一般人的沒什麼兩樣。再仔細一瞧，就看出它的不同了。首先，那虹膜白的部分太多，再來，瞳孔在眼窩裡不聽使喚的亂轉。很詭異。我盯著他的臉看，我看見左邊的瞳孔向內側靠鼻子的方向轉，另外那隻卻努力的保持原位不動。不過那只是白費力氣，因為那隻眼珠總是在不知不覺，或者在不受控制當中，隨意的遊走。

我說，「我去給你倒杯喝的吧。你喜歡喝什麼？我們這裡什麼都有一點。這也算是我們的消遣活動之一。」

「小老弟，我是個道地的蘇格蘭人，」他的大嗓門接得還真快。

「好，」我說。小老弟！「當然當然。我早知道了。」

他的手指摸索著擱在沙發邊上的手提箱。他在意他帶來的那些裝備。這點我不會怪他。

「我幫你把箱子提到樓上房間去，」我太太說。

「不，沒關係，」瞎子大聲的說。「我上去的時候再帶上去吧。」

「蘇格蘭威士忌加一點水嗎？」我說。

「一滴滴就好，」他說。

「我想也是，」我說。

他說，「只加一滴滴。那個愛爾蘭演員，貝利．費茲傑羅㉟，記得嗎？我喜歡那傢伙。費茲傑羅說，我喝水的時候，就喝水。我喝威士忌的時候，就喝威士忌。」我太太哈哈大笑。瞎子把手舉到大鬍子底下，慢慢的抬起那把鬍子再讓它自動落下。

我調好酒，三大杯威士忌裡各加了一丁點的水。我們輕鬆自在的聊著勞勃這次的旅程。一開始是從西海岸到康乃狄克的長途飛行，這我們都知道了。然後再從康乃狄克搭火車到達這裡。為了這一段火車之旅，我們又喝了一杯。

我不記得在哪裡讀到過，瞎子不抽菸，因為，照常理判斷，他們看不見自己吐出來的菸氣。我自認為對於盲胞至少還有這一層的了解，僅此一層。可是這位盲胞居然把每根菸都抽到只剩一小截菸屁股，再點上另一根。他把菸灰缸塞滿，我太太就去幫他出清。

坐上餐桌吃晚餐的時候，我們又喝了一杯。我太太在勞勃的盤子裡堆滿了薄片牛排、雜燴芋泥，青豆。我拿牛油幫他抹了兩片麵包。我說，「這是抹了牛油的麵包。」我先灌了幾口酒。「讓我們來禱告吧，」我說，瞎子低下頭。我太太目瞪口呆的看著我。「祈禱電話別響，食物別變涼，」我說。

我們埋頭大幹起來。我們把桌上所有可以吃的東西一掃而光，就好像吃了這一頓就沒有明天。我們不說話，只管吃，像風捲殘雲，我們要啃光這張桌子。我們專心一意的吃。這瞎子對於各種食物的定位超快，什麼東西在什麼位置他一清二楚。看著他熟練的用刀叉對付著那些肉，真的是令我好生佩服。只見他切下兩片肉，用叉子叉住送進嘴裡，再卯足全力掃蕩雜燴芋泥和青豆，又扯下一大塊抹了牛油的麵包，吃掉，緊接著再喝下一大杯牛奶，甚至偶爾還會隨性的直接施展手爪功。

我們終結了所有的食物，包括半個草莓派。有好一陣子，我們就像吃撐了似的坐著。最後，我們總算離開了餐桌，把一堆狼藉的盤子留在桌上。我們頭也不回，直奔客

㉟ Barry Fitzgerald, 1888–1961，愛爾蘭電影、電視、舞台劇演員。

廳，再次栽進各人原來的座位：勞勃和我太太坐入沙發，我坐上那張大椅子。他們倆在互相交換這十多年來各種大事記的時間裡，我們三個又喝了兩三杯酒。我多半只是在聽，難得插上一兩句話。我不想讓他以為我離開了客廳，也不想讓她覺得我有落單的感覺。他們聊著這十多年來發生在他們身上——他們！——的事。我拚命等待我的名字出現在我太太甜美的嘴唇上：比方「我親愛的老公就在這時候走進了我的生命」——之類的話，可是一句也聽不到。只有說不完的勞勃，勞勃這勞勃那，什麼事都有他的份，簡直就是一個瞎了眼的萬事通。最近一段時間，他和他妻子在「安麗」做直銷業務，依我推斷，他們大概就靠這個養家活口的吧。瞎子同時也是一名火腿族㊱。他用他的大嗓門說著他跟關島、菲律賓、阿拉斯加，甚至大溪地那些地方的同好之間對話的情形。他說如果他去那些地方觀光，朋友多的是。他時不時的把那張瞎眼的臉轉向我，一手托著他的大鬍子，有的沒的問我一些事情。譬如我現在這位子做了多久了？〈三年。〉我喜不喜歡這份工作？〈不喜歡。〉我還打算繼續做下去嗎？〈不然還能怎樣？〉最後，我認為他開始辭窮的時候，便起身打開電視。

我太太生氣的瞪著我，一副就要爆炸的樣子。然後她看著那瞎子說，「勞勃，你有電視嗎？」

瞎子說，「親愛的，我有兩台電視。一台彩色，一台黑白，標準的老骨董。很有意思，每次開電視，我習慣把電視開著，我都會開彩色的那台。很有意思，對不對？」

我不知道該說什麼。我無話可說，根本沒有意見。我看著新聞節目，用力聽著主播的報導。

「這是一台彩色電視，」瞎子說。「不要問我怎麼知道，我就是知道。」

「我們前不久才買的，」我說。

這瞎子又嚐了一口酒。他托起大鬍子，聞一聞，再放下來。他身子向前傾，確定了咖啡桌上菸灰缸的位置，把打火機湊近他的菸。他再往後靠回沙發上，兩隻腳踝交叉著。

我太太摀著嘴，打了個呵欠。她伸伸懶腰，說，「我要上樓去穿件睡袍，順便換一下衣服。勞勃，你別客氣，舒服最重要。」

「我很舒服，」瞎子說。

「我就希望你在這裡自在舒服，」她說。

㊱ 即業餘無線電玩家，amateur radio operator，又稱ham或radio amateur，通稱「火腿」。

「我很舒服，」瞎子說。

她離開客廳後，我和他聽完氣象報告，接著是體育新聞摘要。我太太去了好久，我真不知道她還會不會下來，搞不好她就直接上床睡了。我真的希望她下樓來，我可不想單獨跟個盲胞在一起。我問他還要不要再來一杯，他說好。我再問他要不要跟我一起抽一點大麻。我說我剛剛捲了一支。其實沒有，只是我打算要捲。

「我就跟著你來一支試試，」他說。

「太對了，」我說。「這真的是好東西。」

我倒好酒，跟他一起坐上沙發。我馬上動手為我們兩個捲了兩支又肥又粗的麻菸。我點起一支遞給他。我把麻菸送到他手指上，他接過去，吸著。

「盡量憋住氣，憋得愈久愈好，」我說。我看得出來，他對這事兒真的是一竅不通。

我太太穿著粉色睡袍和粉色拖鞋下樓來了。

「什麼味道啊？」她說。

「我們剛才想到說可以來兩根大麻，」我說。

我太太狠狠瞪我一眼。她看著瞎子說，「勞勃，我不知道你會抽這個。」

他說，「我現學現賣，親愛的。凡事總有第一次。不過我還沒什麼感覺。」

「這玩意多香醇啊，」我說。「這種麻菸很淡，你對付得了的，」我說。「不會出亂子的。」

「很難說啊，小老弟，」他說著哈哈笑起來。

我太太坐下來，坐在我和瞎子的中間。我把麻菸遞給她。她接過去吸了一口再遞還給我。「這下會怎樣？」她說。接著又說，「我不該抽的。我的眼睛已經睏得睜不開了，都是這頓晚餐害的。我實在不應該吃那麼多。」

「是那塊草莓派，」瞎子說。「是它害的，」說著他又放開嗓門大笑，邊笑邊搖頭。

「草莓派還剩很多，」我說。

「你要不要再來一點，勞勃？」我太太說。

「過一會兒吧，」他說。

我們把注意力集中在電視上。我太太又在打呵欠。她說，「你的床鋪好了，你隨時可以去睡，勞勃。我知道你折騰了一整天有夠累的。你哪時候想睡，說一聲就行了。」

她拽了拽他的胳膊。「勞勃？」

他回過神來說，「感覺太棒了。這個比錄音帶強多了，對吧？」

我說，「來勁了，」我幫他把菸卷夾在他手指中間。他吸一口，憋住菸氣，再慢慢的呼出來，老練得就像從九歲開始就在抽這玩意兒似的。

「多謝了，小老弟，」他說。「我看我夠了，可以了。我好像開始有感覺了，」他說著，便把菸卷遞給我太太。

「我也是，」她說。「感覺一樣，我也是。」她接過菸直接轉給了我。「讓我坐在你們兩個人中間，閉一會兒眼睛。不會干擾到你們吧？如果真那樣，可要說啊。如果不會，那我就坐在這兒閉閉眼睛，坐到你們去睡覺為止，」她說。「你的床鋪好了，勞勃，你隨時可以去睡。就在樓上我們的房間隔壁。你準備要睡的時候，我們會帶你上去。要是我睡著了，你們兩個可要叫醒我啊。」她說完就閉上眼睛睡著了。

新聞節目結束了。我起身轉換一個頻道，再坐回沙發。我真希望我太太沒累成這副樣子。她把頭靠在沙發椅背上，張著嘴。她側著身子，睡袍從腿上滑開來，露出豐潤可口的大腿。我伸手把她的睡袍拉好。這時我才看了那瞎子一眼，真是見鬼了！於是我又把她的睡袍掀了開來。

「什麼時候要吃草莓派就說一聲，」我說。

「我會的，」他說。

我說，「你累了嗎？要不要我帶你上樓去？準備睡覺了嗎？」

「還沒，」他說。「還不想，我陪你坐一會兒，小老弟。如果不介意，我可以一直陪到你想睡的時候。我們還沒有機會好好的聊一聊。明白我的意思嗎？我覺得我和她兩個人霸佔了一整個晚上。」他托起大鬍子，再讓它自由落下，接著拿起香菸和打火機。

「好啊，」我說。接著又補上一句，「我很高興有人作伴聊天。」

我想我是說真的。每天晚上我都抽大麻，一個人熬夜，熬到非睡不可的時候才去睡。我和我太太幾乎不曾同時上床過。等我真的睡著的時候，又總是作夢。有時候會從某個夢中驚醒，心亂如麻。

電視在播關於教堂和中世紀的事情，不是一般不花腦筋的節目。我想看些別的，於是轉到別台，其他台也都沒有可看的東西。我只好又轉回原來的頻道，一面道歉。

「小老弟，沒關係的，」瞎子說。「我都無所謂，你看什麼都行。隨便看什麼都能學到一些東西，學無止境嘛。今晚學點東西也不礙事，反正我帶了耳朵，」他說。

§

我們兩個好一會兒沒有說話。他身子向前傾，腦袋轉向我，右耳的目標正對電視的方向。那模樣讓人感覺很不舒服。時不時的，他的眼皮會垂下來，忽然又用力的睜開。時不時的，他會把手指伸進大鬍子裡，拉扯著，好像在思考著他從電視上聽到的某些東西。

電視螢幕上，一群穿著修士服的人被一些裝扮成骷髏和魔鬼的人架起來折磨著。裝扮成魔鬼的那些人穿戴著魔鬼的面具、魔鬼的犄角和長長的尾巴。這個表演只是整個遊行中的一小部分，擔任旁白的英國人說這是西班牙一年一度的盛事。我盡心盡力的向瞎子做解說。

「骷髏，」他說。「我知道骷髏是什麼，」他說著點點頭。

電視上出現了一座大教堂，接著一個遠遠的慢鏡頭帶向另外一座。最後，畫面切換到了巴黎最著名的那座大教堂㊲，教堂特有的飛梁和尖頂直逼雲霄。鏡頭拉開，拍攝出大教堂高聳入雲的全貌。

不少時候，做旁白解說的英國人會停下來，純粹讓攝影機繞著那些大教堂打轉。鏡頭也會轉到鄉間，拍攝田野裡跟在牛隻後面走動的人。這時我只好盡量的忍著等著，一直忍到自己覺得不說話不行了，才開口說，「他們現在在拍大教堂的外觀。有好多滴水獸，就是一些刻成怪獸形狀的雕像。我猜這些教堂應該是在義大利。對，就是在義大利。其中一座教堂的牆壁上有好多圖畫。」

「是壁畫嗎，小老弟？」他邊問，邊啜著酒。

我拿起酒杯，杯子空了。我在記憶中努力搜索。「你問我那些是不是壁畫是吧？」我說。「好問題。我不知道。」

鏡頭轉移到里斯本市區外的一座大教堂。葡萄牙的教堂跟法國和義大利的教堂比較起來差異不算太大，但還是有些不同，大部分是在教堂內部的陳設。忽然我想到一件事，我說，「我想到一件事。你對於大教堂有沒有什麼概念？我的意思是，它們長什麼樣子？你明白我的意思嗎？如果有人跟你說大教堂，你知道他們在說什麼嗎？比方說，你知不知道大教堂和浸信會禮拜堂之間的差別在哪裡？」

他讓菸氣緩緩的從嘴裡流洩出來。「我知道大教堂需要成千上萬的工人花費五十到一百年的時間來建造，」他說。「當然，這是我剛才聽那人說的。我知道為了建造一座大教堂，同一個家族連著忙上好幾代都忙不完。這也是我剛才聽來的。那些人終其一

㊲即巴黎聖母院。

生都在蓋大教堂，卻永遠沒辦法活著看到完工的時候。這樣看起來，小老弟，他們跟我們也沒差，對吧？」他哈哈一笑。他的眼皮又搭了下來。他的腦袋點啊點的，似乎在打盹。也許他在幻想，幻想自己在葡萄牙。現在，電視上又出現了另一座大教堂。這一座在德國。英國人旁白的聲音再起。「大教堂，」瞎子忽然說。他坐起來，甩了甩頭。「如果你想聽實話，小老弟，我知道的就只這麼一點。我剛才說的，都是我剛才聽他說的。不過，或許可以由你來描述一下？我很希望你肯為我做這件事，真的很希望。說實話，我對它毫無概念。」

我緊盯著電視上大教堂的畫面。我該從何描述起呢？可是如果，我的性命就靠這一搏——如果，有個瘋子非要我給他做一番描述，否則我的性命便不保呢？

趁著畫面還沒轉到鄉間之前，我再認真的多看了大教堂幾眼。沒用。我轉向那位瞎子說，「首先，它們非常的高。」我掃視客廳想找尋一些線索。「高高的往上聳，往上再往上，一直聳上了天空。而且它們都好大，有一些實在太大了，必須要有那些支柱撐著，也就是扶著它的意思。這些支柱就叫做飛梁。不知道為什麼，這些飛梁會讓我想起高架橋。不過你大概也不知道高架橋是什麼吧？有時候在大教堂的正面會雕刻一些惡魔，有時候雕刻的是王公貴族和貴婦。你可別問我這是為什麼，」我說。

他點著頭，整個上半身不停的來回晃動。

「我講得不夠好，是吧？」我說。

他的頭不點了，身子往前移，挪到了沙發邊緣。他一面聽我說話，一面搓著鬍子。看得出來，他對我的講解顯然聽不太懂，但他還是在等著我繼續往下說。彷彿是為了鼓勵我，他又開始點頭。我絞盡腦汁的想著還能說些什麼。「它們真的很大，」我說。「是巨大。都是用石頭造的，偶爾也用大理石。在那個古老的年代，造大教堂是為了想要更加接近上帝。在那個年代，上帝是每個人生活中很重要的一個部分。你從他們建造大教堂的方式就能看得出來。對不起啊，」我說，「我看我最多只能做到這樣了。我實在不擅此道。」

「沒關係，小老弟，」瞎子說。「嘿。我想請教一個問題希望你別介意。我可以問嗎？很簡單的一個是與否的問題。我只是好奇，絕無冒犯的意思。你是主，我是客。我只想請問你是不是篤信宗教的教徒？你不會介意我這一問吧？」

我搖頭。他其實也看不見，使眼色和點頭對一位盲胞來說都一樣。「我認為我不是，我什麼都不信。有時候這樣也挺難受的。你明白我的意思嗎？」

「當然，我懂，」他說。

「很好，」我說。

做旁白的英國人還在滔滔不絕。我太太在睡夢中嘆了口氣，又深深的吸了一口氣，繼續睡她的覺。

「你一定要原諒我，」我說。「我真的沒辦法把大教堂的長相形容出來，我沒這本事，最多也只能做到這樣了。」

瞎子一動也不動的坐在那裡，低著頭聽我說。

我說，「說實在的，大教堂對我來說其實沒什麼特別，根本沒有。大教堂，不過就是一個深夜播出的電視節目。如此而已。」

這時候瞎子忽然清清嗓子。他拿出一樣東西，從後褲袋裡拿出一條手帕。他說，「我明白了，小老弟。沒什麼。既來之則安之，不用煩心，」他說。「嘿，聽我說。願不願意幫我個忙？我有個主意。你可不可以找到一些厚紙？再一支筆。我們來做點特別的。我們兩個一起來畫畫，去找一支筆和一些厚厚的紙。去吧，小老弟，去找找看，」他說。

於是我上樓。我的兩條腿好像半分力氣都沒有了，就好像剛剛長跑完了似的。我在我太太房裡四處的找。在她桌上的小籃子裡找到幾支原子筆。我又再努力想哪裡會有他說的那種紙。

下了樓，進廚房，我找到一只購物紙袋，袋子底下還留著一些洋蔥皮。我又甩又抖的把紙袋清乾淨。我拿著紙袋進客廳，坐到他的腿邊。我先移開一些東西，把起皺的購物紙袋抹平，攤開來放在咖啡桌上。

瞎子也從沙發上挪下來，傍著我坐到地毯上。

他用手指掃著那張紙。沿著紙頭的四邊上上下下的摸索著。邊緣，連邊緣也不放過。連紙角也不放過。

「好，」他說。「很好，我們現在來畫吧。」

他摸到我的手，拿筆的那隻手。他把手罩在我的手上。「開始吧，小老弟，開始畫吧，」他說。「畫啊。我會跟上你的，等著看吧。」

我開始畫了。我先畫一個看起來像房子的盒子，有可能是我現在住的這棟屋子。然後我加上屋頂。在屋頂的兩端，我畫上塔尖。瘋狂。

「厲害，」他說。「太棒了。你畫得不賴啊，」他說。「你從來沒想過這一生會碰上這種事吧，小老弟？沒錯，人生就是這樣，我們都知道。繼續，繼續。」

我畫上拱形的窗戶。我畫上飛梁。我畫上巨大的門。我簡直停不下來。電視台已經收播了。我放下筆，把幾根手指拳起又放開。那瞎子在整張紙上摸索，用指尖遊走紙面，滑過我畫過的每一筆，他點了點頭。

「了不起，」瞎子說。

我再拿起筆，他再把住我的手。我繼續作畫。我根本不是什麼藝術家，但我照畫不誤。

我太太睜開眼，盯著我們。然後她坐直了身子，睡袍叉開著。她說，「你們在幹什麼呀？快告訴我，我想要知道。」

我沒回答。

瞎子說，「我們在畫一座大教堂。我跟他正在合作。來，加把勁，」他對我說。「對了，太好了，」他說。「對。你抓到訣竅了，小老弟。我感覺得出來。你原先以為自己絕對做不到的。可是你能，不是嗎？你現在已經在開火燒菜，上手了。你明白我的意思嗎？我們很快就會有漂亮的成績出現了。手臂怎麼樣，累嗎？」他說。「現在畫上一些人吧。沒有人哪能算是大教堂啊？」

我太太說，「究竟怎麼了？勞勃，你們在幹什麼？究竟在做什麼啊？」

「沒事，」他對她說。「現在閉上眼睛，」這一句話瞎子是對我說的。

我遵命。我照著他說的把眼睛閉上了。

「眼睛閉上了嗎？」他說。「不要敷衍我。」

「真的閉上了，」我說。

「就這麼讓它閉著，」他說。接著他又說，「手不要停。畫。」

我們繼續作畫。我的手在紙上四處遊走，而他的手指就「騎」在我的手指上。我這輩子到現在為止，從來沒有過這樣的經驗。

他說話了，「我覺得對了，我覺得你抓對了，」他說。「現在睜開眼看看吧。你覺得如何？」

我的眼睛仍舊閉著。我想我應該再繼續閉一會兒，我想我應該這麼做。

「怎麼樣？」他說。「你在看嗎？」

我的眼睛仍舊閉著。我在我自己的家裡，我知道。但是，我卻覺得自己好像不在任何東西裡面。

「太棒了。」我說。

國家圖書館預行編目資料

大教堂／瑞蒙・卡佛（Raymond Carver）著；
余國芳譯. --初版. --臺北市：
寶瓶文化, 2011. 12
面；　公分. --(Island；159)
譯自：Cathedral
ISBN 978-986-6249-70-9（平裝）

874. 57　　　　　　　　　　　100024905

island 159

大教堂

作者／瑞蒙・卡佛（Raymond Carver）　　譯者／余國芳
外文主編／簡伊玲

發行人／張寶琴
社長兼總編輯／朱亞君
副總編輯／張純玲
資深編輯／丁慧瑋　編輯／林婕伃
美術主編／林慧雯
校對／賴逸娟・陳佩伶・呂佳真
營銷部主任／林歆婕　業務專員／林裕翔　企劃專員／李祉萱
財務主任／歐素琪
出版者／寶瓶文化事業股份有限公司
地址／台北市110信義區基隆路一段180號8樓
電話／(02)27494988　傳真／(02)27495072
郵政劃撥／19446403　寶瓶文化事業股份有限公司
印刷廠／世和印製企業有限公司
總經銷／大和書報圖書股份有限公司　電話／(02)89902588
地址／新北市五股工業區五工五路2號　傳真／(02)22997900
E-mail／aquarius@udngroup.com

著作完成日期／一九八三年
初版一刷日期／二〇一一年十二月二十八日
初版七刷+日期／二〇二〇年三月九日

ISBN／978-986-6249-70-9
定價／二八〇元

AQUARIUS 寶瓶 文化事業

愛書人卡

感謝您熱心的為我們填寫，
對您的意見，我們會認真的加以參考，
希望寶瓶文化推出的每一本書，都能得到您的肯定與永遠的支持。

系列：Island159 **書名：大教堂**

1. 姓名：__________ 性別：□男 □女
2. 生日：____年____月____日
3. 教育程度：□大學以上 □大學 □專科 □高中、高職 □高中職以下
4. 職業：__________
5. 聯絡地址：__________

   聯絡電話：__________ 手機：__________
6. E-mail信箱：__________

   □同意 □不同意 免費獲得寶瓶文化叢書訊息
7. 購買日期：____年____月____日
8. 您得知本書的管道：□報紙／雜誌 □電視／電台 □親友介紹 □逛書店 □網路

   □傳單／海報 □廣告 □其他
9. 您在哪裡買到本書：□書店，店名______ □劃撥 □現場活動 □贈書

   □網路購書，網站名稱：______ □其他______
10. 對本書的建議：（請填代號 1.滿意 2.尚可 3.再改進，請提供意見）

    內容：__________

    封面：__________

    編排：__________

    其他：__________

    綜合意見：__________
11. 希望我們未來出版哪一類的書籍：__________

讓文字與書寫的聲音大鳴大放

寶瓶文化事業股份有限公司

（請沿此虛線剪下）

廣　告　回　函
北區郵政管理局登記
證北台字15345號
免貼郵票

寶瓶文化事業股份有限公司　收

110台北市信義區基隆路一段180號8樓

8F,180 KEELUNG RD.,SEC.1,

TAIPEI.(110)TAIWAN R.O.C.

（請沿虛線對折後寄回，謝謝）